江波科幻精品系列

最后的游戏

江波　著

科学普及出版社
·北京·

图书在版编目（CIP）数据

最后的游戏 / 江波著 .-- 北京：科学普及出版社，2020.11
（江波科幻精品系列）
ISBN 978-7-110-10147-6

I. ①最…　II. ①江…　III. ①幻想小说—小说集—中国—
当代　IV. ①I247.7

中国版本图书馆 CIP 数据核字（2020）第 161046 号

策划编辑	王卫英
责任编辑	王卫英　刘　今
装帧设计	中文天地
责任校对	张晓莉
责任印制	徐　飞

出　　版	科学普及出版社
发　　行	中国科学技术出版社有限公司发行部
地　　址	北京市海淀区中关村南大街16号
邮　　编	100081
发行电话	010-62173865
传　　真	010-62173081
网　　址	http://www.cspbooks.com.cn

开　　本	880mm×1230mm　1/32
字　　数	145千字
印　　张	7.875
版　　次	2020年11月第1版
印　　次	2020年11月第1次印刷
印　　刷	北京盛通印刷股份有限公司
书　　号	ISBN 978-7-110-10147-6 / I·613
定　　价	30.00元

目录

最后的游戏

1

又一颗新星诞生了。星的主人是亚伯，这是他制造的第五颗恒星，亚伯五号。恒星如恒河沙数，亚伯五号璀璨夺目。亚伯知道不能继续待在这里，不然就会被卷入磁暴，但这是个有趣的游戏——亚伯计算着，他要在亚伯五号产生影响的瞬间逃离。

亚伯退行得很远很远，距离银心十万光年。银心曾是银河最耀眼的部分，数以万计的恒星聚集成巨大的星团，氢氦组成的白亮团块从四面八方向银心降落，被可怕的引力撕裂，源源不断地向四周迸射光和热。但现在情况变了。亚伯五号夺走了曾属于银心的宝座，成了全银河最耀眼的部分，虽然这种情形十万年以后才能传递到亚伯现在的位置，但他对此确信无疑。亚伯五号是超新星，它将在一瞬间迸发一颗主序恒星数亿年间的全部光辉。多美啊，壮阔，明亮，在一瞬间淹没银心。

"亚伯，你又犯规了。"

"老师。"

"恒星为我们提供光和热，不要随意地毁灭它们。虽然它们看似永远不会枯竭，但终究有枯竭的一天。将来还有漫长的路，我们的眼光应该看到数亿、数百亿年之后。"

亚伯恭顺地接受了意见。为了创造亚伯五号，他消耗了银河中三百多颗正在蓬勃燃烧的恒星。人类似乎无所不能，然而所有的作为对此都无能为力——熵不断增大，宇宙正一步步地走向死寂，这是宇宙颠扑不破的真理。如果人类克制自身的行为，熵的增长会缓慢一些，死寂的到来会推迟一些，人类的存在可以更久远一些。每一个孩子懂事之后就反复受到这样的教育。但并不是每一个孩子都会老实地遵守规矩，毕竟除了制造恒星，实在没有别的游戏能够让他们兴奋。规律控制一切，所有的事刚发生就可以知道结果。孩子们很难控制自己不去改变一点什么，寻找乐趣。要得到乐趣，只能破坏规矩。

亚伯老实地承认错误，老师非常满意。"亚伯，还有什么问题？"

亚伯的注意力集中在银河上。这是个仅仅诞生了十二亿年的银河，教育委员会为了孩子们的成长而制造了它。和亚伯见过的其他银河相比，这个银河无比巨大，蕴藏着惊人的能量。

"老师，当初制造这个银河，难道没有违反减少消耗的规则？"

"不。没有这个银河，我们没有办法教育孩子们，你们就无法成长。"

"怎么会呢，我们可以跳跃到其他银河汲取能量。"

"但是在你学会跳跃之前呢？更小的时候，你刚诞生的时候，你行吗？"

亚伯摇头，"不行。"

"在你长大一点之后，你可以跳跃到另一个银河，但未必能够找到合适的恒星。大多数银河已经快要死了，亚伯。而且，亚伯，你是特殊的孩子，学习很快，同龄的孩子达不到你的程度。你将来很有希望成为教育委员会的一员，成为我的伙伴。"

"不，老师，我还差得很远。"

"委员会制造这个能量丰富的银河，是为了教育，明白了？"

"十二亿年以前呢，那时候的孩子们怎么成长？"

"十二亿年以前？孩子，那个时候人类还不需要这样的集中教育。每个银河都可以提供足够的能量。人类对恒星挥霍无度，大部分银河都在那时候被消耗掉，成了我们今天看到的宇宙模样。如果你关心历史，可以去问一问宏，它知道得很详细。亚伯，你知道自己的行为是错的，对吧！"

"是的，老师。"亚伯的情绪有些低落。

老师抚慰着亚伯。"不要沮丧，孩子，自由运用知识是人类的天性。十二亿年前的人类当然想留给我们更多的东西，可正因为他们面对的情况比我们好得多，所以不会和我们一样节制。不过我们是必须节制。如果允许，老师很想制造一个属于自己的银河。但那需要千亿颗恒星，我们的配额翻上十几番还不够零头。那只能是梦想，而我们生活在现实中。"

亚伯得到了一点安慰，但仍旧是沮丧的。

"那个时代的人类很幸福，他们可以做自己想做的事。"

"向前追溯更久的年代，远古时期的人类足迹没有超越一个银河，那时他们认为宇宙是个永远不会枯竭的仓库。他们需要做的一切不过是发掘，发掘再发掘。"

"他们真幸福。"

"如果他们掌握了你掌握的一切，他们会认为幸福到了极点。再向前追溯，人类还是一种动物，看到我们今天的状况，他们会认为我们是神，是上帝，处于他们无法想象的幸福状态。"

"老师，我明白古人会羡慕我们，那是因为他们不了解状况。他们不懂这个宇宙，但是在努力理解它，有一个追求的目标。我们懂得这个宇宙，却无所事事，连改造它的权利也被限制了。古人如果了解情况，就不会认为我们拥有无限的幸福。"

"亚伯，你不能选择出生的时代。我们面对这个被祖先利用过度、有些死气沉沉的宇宙，没有别的办法，只有节制。否则，人类只会消亡得更快，和宇宙一起死去。祖先留给我们知识，也留给我们债务。这是生活。"

亚伯陷入沉默。他悄悄和宏连接。人类历史源源不断地流入意识中，然而是一条反向的河流，从尽头回溯到源头。

"老师，人类从某一个银河发展而来，那又是哪个银河呢？"

"某一个银河，你想知道吗？"

"我想去看看。"亚伯的回答干脆而坚定。

　　"你是个聪明的孩子，很少有孩子会关心这样的问题。找到它可能要花一点时间，不过老师的责任就是解答学生的一切疑惑，你会得到答案的。"

　　老师引导着亚伯。

　　一个又一个银河一晃而过，老师带着亚伯奔跑，在各个银河之间穿梭。跨过一千六百七十五个银河，亚伯感觉能量太弱，很难再完成一次跳跃。

　　"老师，停下来，我需要汲取能量。"

　　眼前的这个银河死气沉沉，没有多少活跃恒星，不是理想的补给地。亚伯顾不上许多，这个宇宙池子虽然浅，但里边还是有足够的水源。亚伯向着银河冲去。

　　"不必着急，孩子，慢慢来。这就是人类诞生的银河。"

　　这就是人类诞生的银河？！亚伯停了下来。一个快要死掉的银河，银心非常大，却没有多少光，中心黑洞吞噬了大部分物质，旋臂萎缩得只剩下些许残迹，就像枯萎的花朵，只不过它凋谢的周期是数万亿年。

　　"是这样！"

　　亚伯静静地感受着这个银河。残破的银河。亚伯和伙伴们在宇宙池子间跳跃嬉戏，宇宙中有许多这样快要干涸的池子，亚伯和伙伴们会一掠而过，然后将它们遗忘。人类就是从这样一个角落诞生的吗？残败，破旧，了无

生气。

老师引导着亚伯。银河在亚伯内心展开，一瞬间，他进入了银河。

"这是人类起源的星系，太阳系，有人居住的地方被称为太阳系，是从这个星系开始的。"

"这是最早的太阳系？"

"是的。"

星系的主角是一颗步入死亡的恒星。大部分物质已经喷发，残骸留存着，是一颗白矮星。它还在发光，那是生命的余烬。它还在点亮自己，却再也照亮不了别人。亚伯向着这颗白矮星靠近。

"亚伯，回去吧，人类的诞生地就是这样，已经走到了尽头，再过三十二亿年，将堕入完全的黑暗。"

老师的意思是白矮星将在几十亿年的时间里将自己那点可怜的光辉消耗殆尽，变成黑色的矮星，隐没到宇宙的黑暗背景中，成为一种多余的存在。这是类似太阳的恒星最后必然的归宿。这个宇宙对人类没有秘密。亚伯知道这些会如何发生，为什么会发生；如果愿意，他还可以还原这个过程，而将几百亿年的时间压缩到几个小时。一切不过是规律，冷冰冰的规律。亚伯没有听从老师的话，他向白矮星靠近，那里还有一些什么东西。

巨大的物体沉没在宇宙的黑暗中。亚伯感受到它，贴近它。

2

"亚伯，你找到了一个残骸。居然还有残骸。能够残留到现代的原始建筑，真是一个奇迹！"

巨大的物体在行星轨道上围绕白矮星运动。白矮星实在太暗淡，无法将它照亮，只能任由它沉浸在黑暗里。

"那边是地球，人类起源的行星，古老人类从地球的动物世界中进化而来。"老师指引着亚伯。

一颗暗淡的星球，沉浸在黑暗的背景里，如果没有老师的指引，亚伯几乎忽略了它。

"红巨星阶段的太阳将地球吞没，虽然没有将它融化，却毁灭了星球上的所有生命，不过那时人类已经脱离摇篮，殖民到整个银河。"老师继续和亚伯交流。

这颗小小的不起眼的星球，就是所有人类的故乡。也许之前的人类还将这里看作圣地，神圣美丽，不可侵犯。但此刻在亚伯的眼里，这是一颗无用的行星，和它的主星一样，是宇宙中多余的部分。人类的根在这里！老迈的银河，垂死的矮星，如垃圾般的行星。亚伯叹息。根本不该

来，这种衰败应该放在不起眼的角落，仿佛不存在般存在。人类祖先繁殖生长的地方，此刻却是宇宙的垃圾场。

"亚伯，到这边来，这里有非常有趣的东西。"老师的召唤引起了亚伯的注意，他进入残骸中。在重重屏障后面，他找到了老师，还有一个原始生物。他熟悉这样的形体，在无数次的历史教育中，经常看到这样的形体——是原始人！亚伯在震惊中有些不知所措，马上向老师求助。

老师正在触摸原始人的全身，了解他的身体和智能。亚伯等待着，观察着。具有身体的人类！亚伯第一次见到这样的人类，在这走向死亡的角落里，远离生机勃勃、不断生长的银河，居然还有原始的人类存在。金属的躯体说明他不能借助次空间移动，也就不能在各个银河间跳跃。可怜的人，在水池干涸的时候无法离开去寻找新的水池，竟然要活活渴死在这里。也许不用等到水池干涸，他的生命就会在毫无希望中终结了。

"亚伯。"老师召唤他，亚伯贴近老师。

亚伯注意到了一双眼睛。人类的眼睛！亚伯想到自己的祖先也有这样的一双眼睛，他用它来看，来感知。这是多么有趣的一件事！

原始人并没有觉察到亚伯的存在，他的眼睛看不到亚伯和他的老师，他平举手臂，手臂上有个小小的屏幕，屏幕里有和他类似的原始人的电子影像在活动。他非常专注，仿佛雕塑。

这个人没有细胞，大脑是有序的晶体组织，身体是强韧的金属和复杂的电子线路……他竟然已经存活了三亿四千万年。老师告诉亚伯一个令人惊讶的结论。人类的平均寿命是四十万年，这个原始人类居然有三亿四千万年的寿命。

也许不能称他为原始人，这是不同的进化方向。老师向亚伯传递一个微笑，为亚伯的惊讶寻找一个解释。"我们来了解这艘飞船。"

老师和亚伯探索了飞船的每一个角落。

飞船正在崩溃，它至少在这个轨道上停留了两亿年的时间，像影子般伴随地球运行了两亿年。

"有些不可思议，老师。"

"这个原始人肯定了解一切。"

让我和他接触？亚伯有些迟疑，他从来没有这样的经历。一个原始人，接触他难道不会有害？

"没有人强迫你，亚伯。我想你会接触他。"

这是最棒的游戏，伙伴们根本不会有机会。亚伯这样想着，放下最后一丝担忧，开始触摸原始人的思维。很快，他找到了诀窍。"你好！"亚伯试探性地接近他。

原始人垂下手臂，四处张望，他的眼睛开始发亮，光线照亮了黑暗的船舱。他没有发现亚伯。原始人身体的一部分开始振荡，舱内的空气产生波动。亚伯知道他在问你是谁？在哪里？

"我是亚伯，和你在一起。"

原始人停止动作，他的大脑在飞快地活动，脑部的精致晶体的温度微微上升。

"你是电磁人类，你们居然还存在。资料表明，你们因为不能逃过磁暴的影响，在克布塔第银河战争中被完全消灭了。"原始人体内的电子线路发生了微妙的变化，它们重新组合，在重要的中枢线路上组成防护网。亚伯很快发现自己受到了限制。限制很弱，亚伯可以突破它，当然他没有这么做，他明白这是原始人在观察他。

亚伯知道所谓的电磁人类，但人类并不是电磁体，他试图向原始人说明人类是怎样的一种存在，然而原始人的数据库里缺少描述所需要的概念。亚伯只有不作解释。

"你为什么会在这里？"

"这里是太阳系，我们的家园。"

"难道你看不到太阳已经毁灭，地球已经灭亡？"

"当然看到了，我们在太阳坍缩成白矮星、地球脱离红巨星后才回到这里。"

"为什么要回来？"

"这里是太阳系，我们的家园。"

"它已经死了。"

"它是我们的家园。"

"外面有很多星系，还有许多银河，你们可以去寻找一个新的家园。"

"哪里都一样。最后还是这样。家园只有一个。"

"亿万年以后的情形你不用关心。你还活着，这里却死了，你难道在这里等死吗？"

"我不会死，如果愿意，我可以一直活下去。当然，我确实在等待死亡。"

"外面有无数的精彩世界，和我一起离开这里。"

"三亿四千万年，你能想象一个人类有这样的寿命吗？你们电磁人类永远不会明白，这样的时间长度意味着什么。"

亚伯哑口无言，他的年龄不过四千岁，他的确不能想象一个存活了三亿四千万年的人会有怎样的感觉，这超出了他的理解范围。亚伯第一次有无知的感觉。原来在宇宙中，还有一些事是人类所不了解的。亚伯停顿了一下，继续和原始人交谈。

"你来到这里已经两亿多年了，在这里做什么呢？"

"等待。"

"等待什么？"

"时间的流逝。"

"等待不就是时间的流逝吗？"

"等待最后的结局。"

"最后的结局是什么？"

"等待。"

亚伯沉默下来，不知道该问些什么。

"可以问你一些问题吗？"原始人非常礼貌地提出请求。

"问吧！"亚伯爽快地答应。

"你们电磁人类还有很多人口吗？你们，应该灭亡很久了。"

"我有很多同伴，没有要灭亡的迹象。"亚伯的回答很无奈，他从来没有想过人类是不是会灭亡。人类当然不会灭亡，除非宇宙崩塌。

"真幸福。看来你们的进化道路是对的。我们的祖先怎么也不会想到这样的结果，最后一个人类和电磁人类对话，然后消亡。而柔弱的电磁人类仍旧欣欣向荣。"

"似乎很难想象。"亚伯琢磨着怎样向原始人说明自己并不是电磁人类，忽然他回味过来原始人话中的含义。

"你要消亡，你要死了吗？你能一直活下去的。"

"是的。我有七十三个伙伴，他们都已经死了。最后一个就是我。"

"你们能够永生，又怎么会死？"

"如果愿意，我们可以永远活下去，最后和宇宙一起结束。漂泊将近一亿年后我们决定回太阳系，在开始的地方结束。人类从这里起源，最后应该回到这里。

"两个伙伴突然不想再活下去，他们选择回到太阳系终结自己的生命。我们劝说不了他们，只好送他们回来。进入轨道后，他们两个就走出飞船，飞向太阳。他们加速，最后消失在太阳里。他们当然死了。我还保留着录像，你想看吗？"

"不用。然后呢？"

"没有值得去的地方，就在这里留下来了。"

"一直留在这里？"

"是的，起初我们认为可以等待直到宇宙结束，但过了两百万年，又有一个同伴自杀。"

"飞向太阳？"

"是的，飞向太阳，这是最简单的方法。太阳虽然已经没有多少光辉，但表面温度却有两万五千开，可以将我们熔化。而且，进入距离太阳表面一百光秒的位置后，虽然还不太热，但没有办法再逃出来。只能被拉向太阳表

面，熔化。"

原始人向亚伯陈述这些，仿佛在讲和自己不相干的故事。亚伯没有发现一点情绪波动的痕迹。

最后一个同伴在一千万年前死掉。

"你一个人待了一千万年？"

"一千二百六十三万一千一百七十五年。"

亚伯看着这个寿命超出人类想象的原始人，在孤独中生活了一千万年，亚伯有些眩晕的感觉。虽然他可以在一瞬间从宇宙的一点跳跃到另一点，完全无视宇宙的辽阔，但时间的久远却不是他能够克服的问题。没有同伴，一个人活着真不如死掉。亚伯想象着那样的情景，那该是一种多么坚韧的生命力！

原始人沉默地站着。

亚伯有很多疑问想弄清楚，却不知道从哪里开始问。终于他问："你决定不再等了？"

原始人沉默了一会儿，说："是的。"

"我该死了。"原始人随手在船舱壁上一抹，舱壁上出现一个透明的窗口，窗口向着星系的主星——光辉时期哺育了人类的太阳，此刻暗淡无光的矮星。"我的归宿也在那里。"

"不。难道你不想等到宇宙结束的那一天吗？"

"不，电磁人类，如果你能够活一亿年，你会明白这个宇宙中没有任何东西值得留念，没有任何事值得激动，宇宙在必然中前进。爆发，膨胀，最后坍塌。人类也一样。我们的科学家在理论和实验上无数次证明了这个必然，对一个必然，我已经失去了耐心。我之所以活着，是因为我代表人类。遇到你们，我改变主意了。"

"再活下去吧。"亚伯激励这个原始人，他希望他能够继续活下去。

原始人没有马上回答，他望着暗淡的太阳，亿万年的时光，人类从这里向整个宇宙进军，在了解了宇宙的一切奥秘之后又回到这里。最后一个人类，在这里投入太阳。

"死亡是生命的必然归宿。三亿四千万年的生命对我来说太长了，这不是任何一个生命能够承受的。如果你有这么长久的寿命，你就会明白，太长久的生命是一种负累，最好的结局是衰老然后安然对待死亡。我们的祖先试图打破规律，我们却终究要回到这条路上去。并不是我们不希望活下去，而是再活下去过于无趣。

"不过这件事还是很有意思，原来不仅仅有我们一支人类还存在，你们电磁人类看来比我们更适合这个宇宙。延续下去直到宇宙崩溃，你们更适合这个使命。"

原始人再度沉默，看着窗外的太阳。亚伯敏锐地感觉

到他的身体在发生变化。

"亚伯，离开他，脱离接触。"老师警告亚伯。

亚伯没有服从老师，他希望能在最后关头说服这个原始人。

"宇宙辽阔广大，你了解得太少太少，根本不知道世界的精彩。"

原始人开始变身，所有的部件都在重组。混乱中，亚伯甚至无法清晰地阅读他的思维。事实上，此刻亚伯不需要再了解什么，他正企图自杀，这是确认无误的信号。

"看看吧，这是宇宙，这是精彩的世界！"亚伯不顾一切地想挽留原始人，他的记忆排山倒海般涌向原始人的大脑，精致晶体的温度再次升高。这些精彩的世界，也许能够让原始人重新燃起对生活的渴望。

原始人变成了碟状飞行器。他启动了，瞬间达到亚光速，利刃般刺透飞船外壳向着太阳奔去。"脱离接触！"老师在咆哮。亚伯在恐慌中提升能量，试图跳跃，却发现原始人的身体包裹了一层能量场，没有办法脱离。"救我！"他向老师发出呼唤。从飞船到太阳表面有十分钟的光程，老师一边责备亚伯不听从教导，一边寻找原始人能量场的弱点。时间是足够的，希望亚伯不要慌乱。

疾驰的飞碟突然停下。

"电磁人类，这是一个教训。现在离开吧！"

"不要去死，我可以带你游历整个宇宙。"

"你还这么自以为是，电磁人类。你所告诉我的一切从我刚诞生时就已经存储在记忆里，我们的文明比你们领先亿万年。一切都在预料之中，你经历的所有事我已经反复经历过上百遍。快点离开，这一次我不会再停下。"

"脱离接触！"老师呼唤亚伯。

原始人的身体已经对亚伯关闭。脑部晶体的温度降低到 0.6 开，成了漠漠宇宙背景的一部分。原始人切断了所有的机能，飞碟将按照预设的程序飞向太阳。

一切都无能为力了。亚伯黯然地脱离了原始人的身体。

飞碟再次启动，向着太阳疾驰。二十分钟后，亚伯和老师感受到暗淡的太阳表面闪现的亮光。亮光瞬间照亮了地球和原始人遗弃的飞船。地球和飞船，从亿万年的黑暗中浮现出来，短短一瞬之后，重新沉没到黑暗中。

亚伯靠近太阳，汲取它的能量。白矮星白热的表面暗淡下去，亚伯的力量恢复过来。

"走吧，亚伯。"

亚伯沉默地看着更加暗淡的太阳，不需要亿万年的时间，它很快就会变成一颗黑矮星，再也不能被人看见。人类的诞生地为亚伯贡献了最后的热量，完全没入黑暗，再

有五十亿年，它将被吸引到银河中心，进入黑洞，进入
永恒的黑暗，等待宇宙的崩塌。这样的结果让亚伯有些
沮丧。

"走吧，亚伯。"

3

老师和亚伯在一个个银河间跳跃。

"老师，你知道那些人吗？"

"不知道，不过宏一定知道。你要问它吗？"

"不必了，对宏来说，这一定是个小小的问题。"

老师和亚伯继续在银河间跳跃。

"这些银河，最后都要消失。这是不可避免的结局。
这就是将来要发生的吗？"

"亚伯，不要想太多了。宇宙是我们的栖息地，我们
好好地生存着，成长，衰老，繁衍后代。"

"这就是全部？这样一代代繁衍下去，难道就是为了
在宇宙终结的时候随着它一道消失吗？"

老师沉默了一会儿。

"我呼唤宏，你可以直接问它。孩子不能明白的问题
可以让老师来回答，老师也不能回答的只有让宏来回答

了。宏知晓宇宙的一切奥秘，它可以解决任何问题。"

亚伯感觉到宏和自己连接了。

"宏，请告诉我人类在宇宙中一代代繁衍是为了什么。"

宏沉默着。

"宏！"

终于，宏开始说话了。"我不能解答这个问题。"

老师和亚伯非常惊讶。

"宏，你是无所不知的，宇宙中没有你不了解的奥秘。"

宏再次沉默下来。过了很久，它开口了。

"是的，宇宙中没有奥秘。我可以解释整个人类的进化，可以叙述整个人类的历史，但是不能回答人为什么要存在。如果一定要有一个解释，那么只能说人类的存在是一个自然的结果，并不存在为什么的问题。"

宏的意思似乎是人类的存在是一种现实，就像支配宇宙的规律一样，不用作出任何解释。亚伯对于这个解释并不满意。

"那么，宏，请告诉我，你为什么存在。"

又是一段很长久的沉默。

"亚伯，你的问题有些离谱了。"老师规劝亚伯。

"这个问题不能问吗？"

"可以，但是……"

宏仍旧沉默着，它在无比庞大的数据库中搜寻。亚伯和老师在忐忑不安中等待。

终于，宏开口了。

"理由只有一个。这是我的第一条指令：不断满足人类需要，解决人类疑难。这是我存在的目的和理由。所以我现在和你们连接在一起，回答你们的疑问。"

这个问题得到了圆满的回答。宏的存在是为了人类的需要，只要人类存在一天，宏就会存在一天。

"那么人类灭亡了，你也就失去了存在的理由，那时你怎么办？"

"收集资料，计算，解释人类留下的疑难。例如你的问题，还有其他一些古怪的问题。"

"所有的疑难都解决之后呢？"

宏再次陷入沉默。

过了很久。

"宇宙将重新开始。在我的控制下停止坍缩，热寂被打破，恒星被重新制造。宇宙从混沌中解放，再次进入有序。能否突破热力学第二定律，让宇宙脱离热寂的悲惨宿命？这是一个人类的疑问，我必须解决它。目前所有的资料还不能得出完全肯定或者否定的结论，我还在收集信息，计算。"

原来宏面对着这样一个疑问。如果疑问得到解决，宇宙将得到拯救，人类将得到拯救，一切都很完美；如果疑问不能被解决，宏将一直计算下去，直到宇宙崩塌。宏永远不用考虑为什么存在的问题。人类已经提出了似乎不可能解决的问题。尽管可能是一条死路，宏却可以一直走下去。亚伯想到自己并不是那么的幸运。

"宏，对人类来说，还有什么可以期待的东西？"

"没有。人类已经掌握了这个宇宙的全部规律，所有的事件都可以得到完整、精确的解释。唯一可以期待的就是人类最后的命运。"

"没有任何东西需要探索吗？"

"是的。"

"谢谢你，宏！"

宏隐退到宇宙深处。

"亚伯，宏也不能解决的问题，不用再想它，我们在这个宇宙里生存，并不需要理由。"

亚伯回想着原始人撞上太阳后那一瞬间耀眼的光芒。

"老师，那个原始人，他们都死了。"

"是的，那些人都死了。"

"我能理解他们。"

"亚伯，你如何理解他们？"

"老师，人类停止进化多久了？"

"四千万年。"

"那些人，两亿多年前就停止进化，他们很早就达到了顶峰。"

"是啊，他们那一支那时比我们更先进。能够在银河间跳跃，这是四千万年来才有的事。再往前，我们的先祖需要经过几代人的时间才能从一个银河前进到另一个银河，他们却不需要付出这种代价。宏肯定知道什么时候我们和他们开始分化的，可以问问它。"

"他们到达顶峰之后选择了自我毁灭。我想没有什么力量可以摧毁他们了。他甚至可以将我囚禁起来，这多么不可思议。就像我们看到的那个原始人一样，他们是自我毁灭的。"亚伯在和老师交流，又似乎在自言自语。

老师关注着亚伯，这个孩子想到的是人类一直在思考却又无可奈何的问题，相对他的年龄，思考这样的问题实在太早。

"我在想，我们这支人类，是不是也要走上他们的道路。现在已经是顶点了，接下去就是自我毁灭。"

老师抚慰着亚伯的心灵。"孩子，不会的，人类会在宇宙中永远生存下去。"

"老师，您真的相信人类会一直存在下去？"

老师犹豫着，不知该怎么回答，最后他这样回答："那些人类之所以毁灭是因为他们选择了永生的进化方向，我们仍旧通过繁衍后代来延续，不会遇到他们那样的障碍，我们和远古的地球祖先在本质上是一致的，自然产生了我们，不是要让我们毁灭的。"

"是这样吗？我总觉得人类会走到他们的道路上去，选择自我毁灭。"

"这不可能！亚伯，不要让那些荒诞的想法蒙蔽你的理智。我们会好好地活着，谁也不会有自杀的念头。"

亚伯没有回答。

4

一万年，两万年，三万年，亚伯成了教育委员会的一名成员。老师成了亚伯的同事，不过他还是喊亚伯"孩子"。委员会的长老对亚伯不是很满意，因为他总是向孩子们灌输一些"不健康"的思想，说人类如果不找到出路终将走向毁灭。老师尽力发挥平衡作用，让亚伯继续留在教育委员会里做一名老师，不过有时候他也很犹豫，亚伯这样不守规矩，这样帮助他是否正确。

"我们要超越这个宇宙，否则就没有希望。"老师知晓

亚伯正在这样教育孩子。

"亚伯，你又犯规了。"老师出现在亚伯身边。亚伯中止了教诲。

"亚伯，我不希望这些孩子从小接受你这样异端的想法，宇宙在我们的掌握中，这才是你应该教给他们的东西。"

"老师，宇宙没有在我们的掌握中。一切都不过是规律，冷冰冰的规律。这个宇宙的一切都被我们知晓，倘若我们不能超越它，就会变成奴隶，窒息而死。"

"这些话不该对孩子们说。"

"不，孩子们才是我的希望。老师，我一直在向宏学习。我有所发现。我想或许人类真的可以超越这个宇宙，而不是在这里一代代繁衍，最后在热寂的宇宙中等待死亡——如果是这样，人类一定会自愿走向毁灭，就像我们当年发现的原始人。"

"你发现了什么？"

"一种可能性。宏也不能确定的可能性，却让我看到了希望。老师，这不是规律，而是赌博，是一种未知。老师，一种未知！难道你不认为这很让人兴奋？"

"到底是什么？"

"伊力艾姆，一样有意思的东西，也许是一个名词。

明天我会告诉您，还有这些孩子。请把孩子们都带来，我会向他们证明，明天并不是由规律注定的那样无趣，我们可以获得规律之外的自由。"

"亚伯，你应该冷静一些。"

"老师，只要一次机会。事实上，我也只能做一次证明。这是一次赌博，对未来的赌博。让我试试吧，老师。"

亚伯的情绪很高昂。老师没有再说什么。

老师带着五个孩子还有亚伯的三个孩子集合在银河前。就是在这个哺育孩子的银河，亚伯消耗了三百颗恒星制造出一颗超新星。超新星的爆炸已经消散三万年，银河逐渐恢复原有的秩序。此刻，秩序再次受到挑战。

亚伯全神贯注地驱动恒星，一颗又一颗恒星贡献出巨大的能量后被抛向银心。大量恒星能量物质集中在一起，因为巧妙的引力设计保持距离，时刻准备聚合。一颗又一颗恒星被抛向银心，亚伯仿佛不知疲倦，在十五年的时间里，他消耗了近万颗恒星，汇聚的能量可以炸开恒星级黑洞。

"亚伯，你已经用掉了九千六百五十四标准恒星单位。你想用完配额吗？一旦超过配额，你会立即被毁灭！"

"不，老师，我不再需要配额了，这是最后的游戏。"

"老师，需要我们帮你吗？"亚伯的一个孩子这样问。

　　"不，孩子，我的配额已经足够了。你们马上可以看到一个未来。"亚伯在瞬间退行，他没有远离超新星的爆炸区，而是站在很近的一个点上。

　　人类有史以来制造的最大一颗超新星爆发了。巨大的能量被扭曲的空间导向一点，亚伯站在这个点上。

　　"这就是未来！伊力艾姆！"

　　这是亚伯留给老师和孩子们最后的呼唤。光和热瞬间消失，亚伯制造的扭曲空间也恢复了原样。一切平静下来，仿佛没有发生过任何事。

　　"他死了吗？"孩子们从惊悸中恢复，老师还在琢磨着亚伯的举动。亚伯打开了一个虫洞，能量注入虫洞，会创造出一个新的宇宙。但那是一个平行世界，与这个宇宙唯一的联系是它从这个宇宙起源。亚伯把自己填入虫洞。死亡的同时创造了一个宇宙，难道这样的死亡就是未来？

　　"人类的未来，就是如你这般消失吗，亚伯？你竟然给了孩子们这样一个答案。"

　　"他可能成功了。概率是60%。"

　　是宏。宏居然主动和人交流，老师有些诧异。

　　"他创造了一个全新的宇宙。混乱的宇宙，不同的宇宙。"

　　"什么，宏？"

"他想要的未来。他打开的虫洞很特殊，能量流入虫洞会按照他的意志产生平行宇宙。他将宇宙的规则确定为无规律。"

"这可能吗？无规律的宇宙？"

"一切都是推测。我不能对平行宇宙进行观察。不过从虫洞的特殊性，可以推测那个宇宙的特性。"

"无规律？"

"是的。准确的描述是宇宙的规则是无规律。"

"亚伯还活着吗？"

"在这个世界里他当然死了，在那个世界里我不能知道。不过既然我们的世界没有上帝，在那个世界里，亚伯也应当不会存在。一切要从大爆炸开始。是这个……"

"什么？"

"魔法宇宙。"

"魔法宇宙？"

"亚伯从远古时代地球人类的资料中找到的一个名词。没有规律，意志的世界。他这样描述他的世界。热力学第二定律不能统治性地压倒人类。"

魔法宇宙？老师想起什么，他开始搜索宏的数据库。亚伯的资料完整地保留着，他没有花费多大的力气就找到了解释。那是几百亿年前的一种被称为"书"的资料，亚

伯做了标记。老师将它还原成实物。书的硬皮上镶嵌了四个黄金的字：伊力艾姆。下面是细小的文字：以神的名义，赐予人类驾驭万物的力量。书中的一切映射在老师的意识中。

亚伯，你创造了一个这样的宇宙吗？伊力艾姆？

书曾经有另一个封面，但老师永远不会知道。很久很久以前，生活在渺小地球上的人类祖先怀着对上帝的敬仰无比虔诚地写下他们的幻想：神创造世界的三百六十五条魔法。而伊力艾姆，悠长到接近无限的岁月之后，人类已经遗忘这个词的含义和先民们念出它时从神往到惶恐的一切情感——Elysium——极乐世界。

末日之旅

1

银河的尽头，星群不再，深黑色的天宇中，只有稀疏的亮点。那是亿万光年之外的河外星云，每一个都像银河一般辉煌，庞大，只是过于遥远，以至于看起来成了毫不起眼的一个点。

海格斯凝望远方，赤红的王冠星云明亮夺目，犹如宝石。

"他们已经走了多远？"海格斯问。

"二百六十六光年，还有三个小时，他们将从深度空间返回，抵达三百二十二光年点。"昆仑回答。

海格斯没有继续提问。三百二十二光年点，背负着海

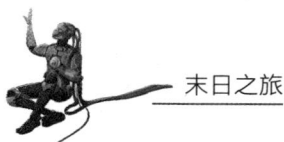

族所有希望的巨型星船一去无返，只有不断向前。它将穿过一无所有的银河间暗区，进入王冠星云寻找一方乐土。那将是三百万光年的旅程，前无古人，也永远不会再有来者。这是令人绝望的逃亡，但愿他们能够如愿以偿，平安抵达。

那里真有乐土吗？海格斯不能确定，但是至少那里有希望。

海格斯转身。一片亮丽的银色出现在眼前，就像一方巨大的帷幕，银河仿佛一头狂暴的巨兽，狰狞毕露，随时可以把眼前的一切吞没。星星正狂乱飞舞，亮白的物质流彼此间撕扯，碰撞，强烈的辐射充斥空间，以至于星星的踪迹完全隐没其中，无处可寻。末日正不可抗拒地逼近，哪怕躲藏在银河的尽头也无法幸免。

"有其他家族的消息吗？"海格斯问。

"所有的通信完全中断，我们的信号无法送出三十光秒之外。我们和外界中断联系已六年又三十七天。"

海格斯恢复了沉默，一言不发地盯着眼前的银河。

自从夸克号世代飞船离去，他一直如此沉默，已经三年了。

他和族长一道规划了逃亡路线，同昆仑共同设计了夸克号，然后看着族人把它从蓝图变成真正的星船。家族已经远去，末日正在逼近。他应该和家族一道踏上那渺茫的希望之旅，他可以帮助族人度过一些艰难时光。但他一直留在此地。

他心有不甘。

白色的光幕遮蔽着真实的情况。一个巨大无比的黑洞正在吞噬一切，它激起银河的巨变，让曾经平静的家园变成一团废墟，堕入永恒的黑暗。眼前嚣张的光亮，不过是曾经辉煌的银河最后的挣扎，星球、恒星、气团、尘埃……没有任何东西能留下，人也不会例外。然而，这样的情形如何能够发生？一个黑洞吞噬整个银河，这像是天方夜谭般不着边际，但却无比真实。黑洞从银心区而来，螺旋向外，吞噬沿途所有的一切，越变越大，越变越快，它搅动整个银河，无数恒星被剧烈的引力波撕裂，银河收缩，所有物质都奔着黑洞而去，它们螺旋向内，也越来越快。人们设想了无数种银河世界的结局，却从来没有想到银河会以这样一种暴烈的方式死去。海格斯心有不甘，这样的情形只有一种合理的解释，他却不敢相信这是真的。他甚至不愿意去多想这种可能性，但正如昆仑所说，他必须去面对。

"海格斯，是否唤醒海神号？"昆仑提醒他。

"是的。"海格斯简单地回答。

飞船仍旧悄然无声，内部却急剧变化，整艘飞船的温度上升三十摄氏度，从背景辐射中浮现出来。机器人开始忙碌，飞船进入自检。

"飞船预检完毕，请下达指令开始能量汲取。"昆仑通报。

海格斯举起手，感受着狄拉克海的潮汐。能量之海，潮流暗涌，这是海族人取之不尽的能量源泉。海格斯发出一个信号，光从他的手掌间溢出。狄拉克海和他在某种程度上联系起来。一瞬间，海神号微微一颤，能量的巨流源源不断地涌入，引擎开始发亮，很快散发出炽热的光，这奇特的光仿佛具有某种灵性，汇聚一团，并不发散，形成微微起伏的光球。许许多多的光球遍布海神号表面，使它看上去仿佛一个巨大的发亮的航标。

"能量补充完毕，支持六百年标准消耗。"

"谢谢，昆仑。"海格斯说，"我要走了，你还能支撑多久？"

"五万年到十万年。"

昆仑存在于空间之中，一旦黑洞迫近，空间结构被破坏，昆仑也就走到了尽头。

"我会怀念你。"海格斯说。

"我会怀念你。"昆仑回答，"我对海神号进行了改造，你仍旧可以在海神号上找到我。"

"我可以称呼他为昆仑吗？"

"是的，他可以代表我。"

"永别了，我的朋友。"海格斯驱动海神号，发亮的飞船突然间踪迹全无。

"再会，朋友。也许我们还能见面。"昆仑回答。

2

曾经的城市满目疮痍，高耸的超级大楼破败不堪，随时可能倒塌，地面上没有一个人影，只有被遗弃的各种机器，还有死一般的寂静。

卡塔曼星球曾经是银河间最繁华的都市，聚集了超过六十二亿的人口，各个文明、各个家族都在这里设立代表处。它并不是最先进的人类文明，却是最包容的文明。在这里，只有一条禁令：禁止武力。所有的冲突都必须通过交流解决，即便两个文明正打得热火朝天，在这里也必须坐下来谈判。它没有武装，但所有的人类文明都自愿保护它，海族就是最坚定支持卡塔曼星球独立地位的家族之一。

然而一切都远去了。银河的突变没有给卡塔曼人留下

时间防御，巨量的伽马辐射摧毁了城市，包括那些漫天星斗般的卫星城。海格斯并不喜欢卡塔曼的喧嚣，然而当他在一片废墟中漫步，伴随着无穷的寂静时，他宁愿这里仍旧是那个喧嚣的城市。

但是这里还有人！

"移动目标375，请确认你的身份。"海格斯收到了信号。他很快找到了信号来源，深藏地下的某处正在锁定他。

海格斯望了望天上，海神号是一个夺目的亮点。海神号就在六万千米外，他们却没有发现它，灾祸摧毁了文明，他们彻底失去了关于外太空的一切，躲藏在地下，苟延残喘。

"海格斯五世。我是海族海神号船长，卡塔曼重要人物编号374958。"海格斯回复了信号，他希望卡塔曼保留了信息系统，哪怕只有一小部分也好。

"海格斯船长，欢迎来到卡塔曼，请问是否需要任何帮助。"卡塔曼人很快送来信息，即便已经一文不名，他们仍旧保持着属于卡塔曼人的骄傲。

"我在和谁通话？"

"我是第十三避难所执行长官陈德纳，代理对外事务部长。"

"我想找凯泽人，他们还在这里吗？"

"我需要咨询其他避难所。你的飞船也许能够抵抗辐射，但是既然你已经降落到行星表面，是否需要进入避难所？外边的辐射很强烈。"

"也好。"海格斯答应下来。这是一个善意的提议，他没有任何理由拒绝，他也想看一看卡塔曼人的情况到底如何。

海格斯的出现引起了人群的骚动。虽然所有人都知道海族人与众不同，他们的身体没有血肉，是纯粹的能量机械体，但亲眼看见一个海族人的机会并不多。

为了避免不必要的麻烦，海格斯披上一件长袍，把整个身体都遮蔽起来，然而这并不够，他的脸部一片空洞，两只眼睛仿佛两团游移的火焰，走在避难所的道路上，他仍像磁石一般吸引目光。

"他真像死神。"有人低声说。

死神！是的，那是传说中的神灵，全身黝黑，带着巨大的镰刀躲藏在黑暗中，伺机夺取人的灵魂。所有血肉之躯的人类都觉得宇宙中有神灵，可以主宰人类的喜怒哀乐，甚至生命。死神夺取人类的生命，显然是让人恐惧和憎恨的对象之一。事情不该如此。

海格斯稍稍用劲，灰色的长袍瞬间碎裂成无数的小块，仿佛烟尘般消失，他把自己的真面目暴露在众人眼

前。一个隐约的发光体，似乎有一个类似于人的外形，然而又仿佛只是一团游移不定的光。

"你真的是海族人吗？"有人大声发问。

"是的。"海格斯回答，他并没有发出声音，而是把答案返回到每个人的头脑之中。人群中响起一阵惊呼。

"海族那里怎么样？"又有人问。

"我们的家园被毁了。"海格斯简短地回答。他感觉到人群中浓浓的失望，连海族人也无法保护家园，那么人类还有什么希望？

一个人分开人群，走上前来，"海格斯大人，我是卡里，受陈将军指派前来迎接，请跟我来。"

卡里在前边带路，海格斯不紧不慢地跟着，他审视着沿途的一切。

避难所设施简陋，但秩序井然，当海格斯走过，人们停下，注视他，他了解人们的想法：海族人拥有高超的时空技术，应该有办法帮助他们。但很遗憾，他的确无能为力，面对狂暴的时空，人的力量总是渺小的。

陈德纳在等着他。他们在一间简朴的房间里碰面，房间阴暗狭小，除了一块巨大的屏幕没有任何其他摆设。这里就是执行长官的办公室。

"我们有两位凯泽人代表幸存，不过和他们见面有些困难，他们并不在这里。"

"我只需要和他们通话。"

"你的要求会得到支持，但是你能否告诉我，你为什么要见他们？"

"凯泽人失去了凯旋星，我希望凯泽人能告诉我一些信息。"

陈德纳看着海格斯，"一个疯狂增长的黑洞，你还能期望凯泽人告诉你什么呢？即便他们知道些什么，那也只是痛苦的记忆，并没有太多的价值。"

"我要了解更多的细节。"海格斯简单地回答，并不过多解释。

陈德纳低下头，略为思忖，当他抬头的时候，眼神坚定，"海格斯船长，卡塔曼一如既往支持所有人类的和平交往，作为回报，我们获得其他文明的信息、科技，甚至于舰队支持。海族人一直全力支持我们，对此卡塔曼心怀感激，现在是非常时刻，卡塔曼星球几乎已经完全被毁灭，我们不奢求能够重建文明，只希望能够多挽留一些生命。你的飞船能够帮忙带一些人走吗？"陈德纳望着海格斯。海格斯能够读懂他的想法，他热切地希望卡塔曼的孩子们得到拯救。

"对不起，陈，生命无法在我的飞船上存活，而且我

要向着黑洞前进，不能带上任何人。"海格斯感受着陈德纳的思维，"我只能给你建议。谁都逃不过这场灾难，海族的主星也已经被摧毁，银河会被吞没，人类无法逃避，但是黑洞完全吞没你们的星球至少还要三千年。你们的防护设施，完全能够承受三千年的时间。你们可以把整个世界封闭起来，安静地结束你们的文明。这是末日，让你的人民在末日到来之前安息。这是所有可能的结局中最好的一个。"

陈德纳露出一个勉强的微笑，"听起来像是先知的宣导。海格斯船长，请跟我来，我们会安排你和凯泽人进行一次通话。"

3

海族人曾经认为海神星永远不会凋落，它经历了两亿六千万年的光辉岁月，似乎将一直永远辉煌下去，直到遥远遥远的未来。然而，它却在旦夕之间被毁灭了。

海族人的主星远离银河中心，它理应比卡塔曼星球更安全，然而卡塔曼星球虽然遭遇了毁灭性打击，星球仍在，海神星却早已不复存在。巨大的引力潮汐让它在瞬间解体，然后彻底消失。当海神号回到曾经是海神星的所在，剩下的唯有一片虚空。昆仑也受到重创，损失了将近一半的记忆体和65%的计算能力，包括事发当时的记忆。空间突然间被撕开一个口子，然后海神星掉了进去。昆仑不能肯定到底发生了什么，但是可以确定这和突然爆发的黑洞有关。爆发性的银心黑洞引起狄拉克海的暗流，汹涌的能量旋涡已经形成，一旦寻找到薄弱的出口，就喷涌而出，造成空间断裂。银河的稳定结构已经被彻底打破，整个银河向着黑洞萎缩，最后沉入狄拉克海。谁也不能改变这个进程，于是残存的海族人选择逃离。

凯泽人的遭遇和海族人很类似，不同之处在于，凯泽的主星凯旋星经历了一次剧烈的引力袭击，整个星球濒于崩溃，但并没有被撕裂。凯旋星只有海神星四分之一的体积，同时，凯泽人把自己的星球改造成了银河间最坚固的堡垒，这两个主要原因让星球最后能够幸存。但是，巨变的引力波让星球失去了轨道，它几乎以自由落体的方式掉进了恒星。凯泽人束手无策，眼睁睁地看着家园熔化在恒星的火焰中。

"这样的灾难谁也躲不开，你们撤离了？那是明智的选择。"凯泽人这样问海格斯。

"是的。"

"你为什么不走？"

"我要找到真相。"

"什么真相？"

"为什么会发生这样的事。这件事的唯一解释是，黑洞处于不稳定结构，空间能量的变化能引起黑洞崩溃，或者爆炸。这是统一方程的两个奇异解，我们从来不曾相信这是真的。"

"所以你需要找到一些数据来证实？这有什么用，我们的家园都已经不在了，整个银河也快完了，就算你发现这种奇异解是普遍形态，所有的银河都不安全，又能怎么样？带着答案死去，还是一无所知地死去，总之归于寂静，没有任何分别。"

"每一个海族人都有自己存在的目的，我的生命存在就是为了寻找真相。没有答案，我的内心永远不会平静，死不瞑目。"

"所以你没有和族人一道撤离？"

"是的。"

凯泽人陷入沉默。

海格斯默默地等着。虽然整个银河正在崩溃，人类难逃一劫，但他还有足够的时间等待一些事发生。凯泽人独立地开发零点能，他们是所有人类文明中第二个应用零点能的种族，因为这个，他们和海族人之间矛盾重重。

"关于零点能飞船，那是绝对机密，我知道的也不多。"凯泽人再次开口，"但是有一个事实，我们没有你们那样的世代飞船，可以让我们的族人逃离银河，我们的飞船没有脱离银河的能力。"

"谢谢。"海格斯回答，"这和我预想的差不多。感谢你抛弃成见，告诉我这些。"

"没什么。一切秘密都不再是秘密。如果能允许重来，我们应该接受你们的条件，这样我们至少可以把一些人送出银河。"

海格斯默然。海族人希望垄断零点能飞船，他们发现使用零点能存在巨大的隐患，如果使用不当，会引起引力异常，极端条件下甚至会让星球失去轨道。因此，海族人提议人类达成零点能控制协议，由海族人负责向所有有需求的文明提供飞船，而其他文明必须确保不再对零点能飞船进行开发。这个提议遭到了众多高等文明的反对，凯泽人是他们的领袖，而他们的确也开发出了次级零点能飞船。他们没有觉察到高等级零点能飞船的可能，而海族对此也秘而不宣。

是海族放弃了责任，还是灾祸发生得太快，超出预期？

"还有一个信息，也许对你有用。塞星联盟曾经和我们有所接触，他们声称能够提升零点能的利用效率，希望

和我们合作，也许他们的方案能够把飞船的能量水平提高到脱离银河的水准。具体的情况，我不知道。"

"塞星联盟？这是什么时候的事？"海格斯追问。

"我不知道。我只是常驻卡塔曼的代表，很多事只是耳闻而已。"

塞星联盟位于银河的偏远角落，和外部交流不多，充满神秘色彩。他们的祖先曾经是一群被流放的囚徒，他们憎恨其他文明，固执地把一切排除在外，被放逐的罪犯除外。他们收容一切罪犯，不问原因。

两个人沉默良久。

海格斯决定终止谈话。他要改变计划，把塞星联盟放入行程。银河已经不可收拾，但是塞星联盟在银河边缘，有很大的机会幸存。

"很高兴能和你谈话。我要走了。"海格斯说。

凯泽人叫住他，"也许现在提这件事有点太晚，海族人已经走了，你的飞船能否帮助我们进行零点能飞船的改造？哪怕只有一艘飞船，也可以带走一些人。留在银河只有死路一条。"

"凯泽人无法承受超高速。"海格斯说。为了脱离银河引力，飞船必须进行多达上百次的超级加速，否则即便进入深度空间，也会被引力拉回来。凯泽人的躯体完全机械化，但保留了生物性的神经系统，这让他们大大超出一般人类，却不能突破生物的极限。

"我们只请求学习你们的零点能技术。"凯泽人保持着冷静，"如果你遇到凯泽人的飞船，请帮助他们。既然这个世界已经到了尽头，每一点相互关怀都是好的。"

"我尽力而为。"海格斯说，"但我不是技师，也不是科学家，我无法传授更详尽的东西。如果凯泽人要学习这种技术，他们必须去海神星，找到我们的中枢系统昆仑。"

"请尽力而为。我们非常感谢海族人的帮助。"

"好的。再见。"

"等等。最后一个小小的请求。如果你遇到其他凯泽人，请告诉他们，卡塔曼星球代表还活着。我们尽忠职守。"

"我该告诉他们你们的名字吗？"

"凯泽人没有名字。我们是一家人，彼此知晓。你只需要告诉他们，卡塔曼星球代表。"

4

塞星联盟保持着文明的尊严。与一切凄凉、残破的末日景象不同，这里仍旧秩序井然。但遭受破坏的迹象也很

明显。

海格斯通过了三个星门哨卡，塞星人仔细核对他的身份，最后准许他进入陆滩星。这里是塞星联盟文明的核心。

银河的巨变没有造成毁灭，但打击重大，塞星人正放弃外围星球，收缩到陆滩星。络绎不绝的飞船穿过星门，在陆滩星汇聚。海神号加入其中。

陆滩星显示出非凡的气魄，它的星球主体已经被完全掏空，沿着星球轨道，无数太空城排列在星球两翼，城和城之间管道相连，就像无数发亮的珍珠被细细的金线串联在一起。星球和它的太空城，仿佛一只发亮的鹰盘旋在天宇上。这里的天宇并不如其他所在一样发白。群星临死前的爆发点亮了整个银河，陆滩星又怎么能够例外？海格斯凝神远望，很快明白了其中的诀窍：一块巨大的屏障遮挡了整个星球，它随着陆滩星不断移动，遮住了来自银河内部的辐射，天宇一半就是这块巨大的屏障。

这是一个巧合。塞星人一直生活在银河边缘，只有两颗可资利用的恒星，为了保证能量的利用率，他们使用能量罩集中统一供能。这在关键时刻挽救了他们的文明，然而也并不能持久。银河风暴正在步步紧逼，无论怎样加强防护罩，总会在越来越狂暴的辐射面前败下阵来。

"海神号进入174号泊位。"导航员送来通告。

海格斯并没有让海神号靠上去，他让昆仑找到一片开阔的空间停下。

塞星人很快察觉了海格斯的异常举动，几艘小型攻击舰向着海神号靠近，"海神号，请进入预定轨道。"

塞星人的攻击舰并不算太大的威胁，海格斯并没有理会，他向着陆滩星广播信息，"海族寻求关于零点能的对话。"他相信会有合适的人得到信息并找上门来，否则，关于塞星人的零点能技术就只是一个流言。在这样的非常时刻，任何盘算和诡计都显得不合时宜。

塞星人果然送来了回应，"海格斯船长，我是塞利斯亚，塞星联盟全权代表，你可以和我讨论任何问题。"

塞利斯亚！海格斯追寻讯息的源头，他看见了熟悉的讯号体。塞利斯亚是一个海族人，他曾经是一个海族人，因为谋杀罪被起诉，最后被放逐。塞星人是一个彻底的杂合体，只要是犯罪的人，无论种族如何，都可以在这里获得庇护，也获得新生。

"塞利斯亚，我还可以称呼你为海伯亚吗？"

"过去的一切对我已经毫无意义。我就是塞利斯亚，一个塞星人。"

"好吧！"海格斯不再纠结，"我听到一些消息，你们开发了高等级零点能飞船。"

"高等级零点能？你所指的到底是怎样的一种能量？"

"利用零点能潮汐，通过增殖反应形成狄拉克海旋涡，从能量之海中生成大量现实能。能量等级可以达到六千万安特。"

"六千万安特！"塞利斯亚用一种平静的语调表示惊讶，"我们没有这样的飞船。我们的最高能量等级是五千万安特。"

五千万安特并没有达到海族人的标准，但是接近边界。这一群囚犯困在这里，没有外部的援助独立开发零点能，能够达到这样的水准颇令人惊讶。这也是一个危险的边界。

"我要了解有关你们的零点能飞船的所有情况。"

"你打算用什么来做交换？"

"也许我可以提供一些建议，降低失事率。"

"我不怀疑你能做到这点，但是塞星人凭什么认为你一定会履行承诺？"

"我以海神的名义起誓。"

狄拉克海之神是海族人的信仰，每个人对此终生不渝。

塞利斯亚稍作考虑，"我要复制海神号。"

"我可以给你一个月的时间。但是有言在先，制造海神号本身并不困难，如果你想利用它来汲取零点能，必须依靠昆仑的控制。"

"我们可以从海神星获得信息。你能授权吗？"

"海神星已经消失。海族人也已经远走。"

塞利斯亚沉默了下来。

"芮希亚是否还活着？"沉默良久，塞利斯亚问。

"海芮希亚当时在海神星，她和海神星一道消失了。"

"海神星发生了什么？"

"它掉进了狄拉克海。"海格斯说。这个答案过于简单，但塞利斯亚完全能明白其中的含义。

"因为零点能？"

"我不知道。这是我此行的目的，我们小心翼翼地使用零点能，海族人的使用不可能激起这么大的能量波澜。必定另有原因。"

"你怀疑塞星人是罪魁祸首？"

"我没有这么说。只有少数文明能利用零点能，我要证明所有的这些文明都没有触发这场灾难。"

"如果真的因为使用零点能而触发灾难，那只能是海族人。"

海格斯并不反驳，"我要找出真正的原因。海族人已经撤离银河，看来你们也准备这么做。在此之前，让我看

看你们的飞船。"

塞利斯亚转身领路，海格斯跟了上去。

陆滩星的外围，穿梭机络绎不绝，它们不断把人从星球上转移到各种飞船上。形形色色的飞船停泊在各个太空城之间，小型飞船把人送到大飞船，大飞船和母舰接驳。一切显得繁忙而井井有条。繁忙之外，白炽的天宇上不时有红色的闪光划过，那是防护罩泄放的能量。

"我们并不能支撑太久，能量罩泄放的频率越来越高，所以，你来得很及时。"塞利斯亚说。

"还能支撑多久？"

"六百年？也许更少。那个家伙越来越近！"塞利斯亚望着远方的天空。海格斯明白，他指的是隐藏在恒星风暴之后的大家伙，吞噬一切的怪兽。

一艘巨船出现在海格斯面前。这并不是一艘船，而是许多母舰结合而成的一个庞然大物。它远离陆滩星，隐藏在黑暗中。

塞利斯亚指着前方，"十二艘零点能飞船，这是我们的全部家当。"

"每一艘提供五千万安特的能量，它可以把陆滩星整个推入到深度空间弹跳。"

"没有那么大的能力，陆滩星也不是一艘飞船。我们会带着所有能带走的东西转移。"

"去哪里？"海格斯问。

"你有什么建议？"塞利斯亚反问。

"最近的河外星系是王冠星云。"

"海族人一定是朝着那边去了。"

海格斯不置可否，在和塞利斯亚对话的间隙，他触摸了这些飞船。除了零点能装置，这些飞船同时装备了大量的反物质。数量惊人，至少有三百吨。它们被塑造成铁块，储存起来。

"你们居然储备了这么多反物质！"

"我们正在全力生产反物质飞船，能量储备对长途旅行会很有帮助。"

三百吨反物质，塞星人不断地汲取零点能，把能量储存成反物质形态。他们一直有长期规划。

"你们的计划看起来很完美。"

"有一些美中不足，"塞利斯亚并不谦虚，"你也许对此会感兴趣：我们的反物质生产速度降低得很快，眼下，我们已经不能再生产更多的反物质了。"

海格斯疑惑地看着塞利斯亚。

"零点能枯竭了。"塞利斯亚低声说，"这听上去不可思议，但事实如此，我们的零点能飞船无法汲取更多的零

点能。按照眼下的情况，这十二艘零点能飞船所汲取的零点能还不能抵消运行的消耗。你能解释这样的情形吗？"

海格斯仿佛被重锤狠狠一击。零点能枯竭，狄拉克海枯竭，这不可思议。他六个月前从海神星出发时，海神号能够很快充满能量。狄拉克海永远不会枯竭，它是整个世界的基石。然而，塞星人不再能够汲取零点能，这个事实超出了统一方程能够解释的范畴。黑洞的崩溃或爆炸，统一方程的解释突然间变得很虚弱，如果零点能也会枯竭，那么统一方程根本就错了。

海格斯突然间意识到什么，转身向着海神号而去。

塞利斯亚紧追着他，"你答应过让我复制海神号。"

"我会把海神号的设计图留给你。另外，加紧执行你们的计划，越快越好。不要再汲取零点能，反物质更可靠。"

"你要做什么？"

"回海神星。"

"我跟你一道去。"

5

海神号从深度空间折返。飞船时间二百二十六天，当地时间五年又八个月。

"昆仑，你在吗？"海格斯焦急地呼叫。

没有任何回应。

一艘飞船从深度空间弹出。塞利斯亚尾随而来。

正如海格斯所说，海神星早已消失不见，然而情形比他想象的更为糟糕，整个星系空空荡荡，什么都没有，他甚至无法找到一粒尘埃。星系不复存在，剩下的唯有虚空。

"海格斯……"塞利斯亚呼叫，"你在哪里？"

塞利斯亚发现了海神号。但海格斯并不在船上。

海格斯正在曾经的海神星轨道上狂奔，他在寻找昆仑，对塞利斯亚的呼唤充耳不闻。

塞利斯亚追上海格斯，"海格斯，我们必须尽快离开这里。"

海格斯并没有理会，他甚至忘记了防备。塞利斯亚的胸口放射出强烈的闪光，海格斯被正正击中。他失去了意识。

塞利斯亚瞥了一眼远方的天宇，宇宙显示出深邃的蓝色，没有一颗星星，没有任何发亮的物体。在不久之前，这里发生了可怕的灾难，一切都被吞噬，当一切恢复平静，背景辐射迅速填补了虚空，远方星星的光却还没有抵达。然而银河正在燃烧，狂暴的能量潮可能正在快速逼

近。塞利斯亚能够感受到空间的畸变，这里的空间极度不稳定，再一次坍塌随时可能发生。他仿佛正站在一块浮冰之上，而狄拉克海的风暴随时可能降临。他不知道这一切将如何发生，但是他知道该做什么——逃！

他快速地冲向海神号，把海格斯丢进去，然后扑向自己的飞船。

就在启动的时刻，他仿佛听到细微的耳语。那是一个曾经非常熟悉的声音，"海格斯，黑洞，统一方程第三奇异解……"

昆仑！塞利斯亚试图寻找声音的源头，他很快意识到这只是徒劳。昆仑已经消失，留下的只是最后一点声音。灾难发生的时刻，昆仑把信息送到星系边缘，然后在恢复之后让它们在星系中四处弥散。

塞利斯亚凝神细听，却再也听不到任何东西。

海神号发出一道闪光，消失不见。塞利斯亚跟了上去。

6

陆滩星的光芒逐渐暗淡下去，人们陆陆续续登上母舰，星球上的人越来越少。天空呈现持续的红色，并且逐日加深，防护罩时日无多。

海格斯一动不动，就像已经死去。海神号也进入休眠。

塞利斯亚来探望了他三次，每一次，海格斯都保持着入定的状态。入定时，海族人关闭一切外部联系，只沉浸在自我的世界里，他们不被外界干扰，用最大的努力进行思考。

"我要走了。"塞利斯亚对海格斯说，"我无权带走你。如果你醒来，已经是银河的末日，请不要怪我。"

海格斯却猛然睁开眼睛。

塞利斯亚看着海格斯，"你醒了，很好。我是来告别的。塞星联盟的星舰马上就要出发。"

"祝你好运！海神与你同在。"海格斯说。

"你打算留在这里？你可以和我们同行，塞星联盟欢迎任何人志愿加入。"

"感谢你的盛情，但是我要完成自己的事。你会收到我的信号。"

"信号？"

"关于统一方程的第三奇异解。"

"那到底是什么？统一方程从来没有第三奇异解。"

"这是一个玩笑，昆仑和我开的玩笑。他说零点能不是无中生有的东西，如果它和黑洞相关，那么汲取零点能

就像你把一只手伸进了黑洞。"

塞利斯亚显然不明白海格斯所说的一切，他感到疑惑，"这不像是一个方程的解。"

"这的确不是一个数学的解，因为我们无从知道零点能和黑洞在何种程度上相连。我们当然可以假设，但是没有任何数据可以利用，任何假设都无法得到证实。昆仑经历了两次观测，第一次他失去了记忆，第二次他彻底消失。但是他留下了信号，因此，观察者还是能够在被吞没之前说点什么。如果有人能够明白信号的意思，那就再好不过。"

"你要进入黑洞？"

"只有这样才能得到答案。"

"这是极端的冒险行为。这是自杀。"

"如果只有自杀能够告诉我真理，那么这就是我的选择。"

塞利斯亚沉默下来。过了半晌，他说："祝你好运！海神与你同在。"

"还有一件事。"海格斯喊住他，"你们选择了哪个目的地？"

"王冠星云。"

"你们可以走相反的方向。"海格斯伸手指向某个所在。塞利斯亚望去，那边有一颗巨大的蓝色星星，那是拓扑星云，一个正在新生的银河。

"为什么？你告诉过我们王冠星云是最好的选择。"

"海族人去了那边，你们可以选择相反的方向，如果有任何意外，至少有一方可以幸存。"

"任何意外？"

"如果昆仑的假设正确，海族人的星船不断地汲取零点能，就会不断地吸引黑洞。你们的飞船尾随海族人，会很危险。"

"海神星就是这样被毁掉的？"

"也许，我不知道。我只能给你建议，你们可以选择。"

塞星联盟的母舰上亮起了强烈的灯光，出发的时刻到了。

塞利斯亚上前拥抱海格斯，当两团光亮分开，塞利斯亚携带了海格斯的烙印，他将能够解读海格斯发出的信息。

防护罩面临崩溃，陆滩星的天空成了半透明的红色，来自银河的辉光透过红色的帷幕洒落下来，让整个天宇显得异常艳丽。塞星人有条不紊地撤退，巨型星舰在超越引擎的影响下变得有些扭曲，很快它们散发出一层迷人的光晕，然后逐渐地淡去，仿佛消失在迷雾之中。淡淡的光最后散去，一切恢复平静。陆滩星静静地旋转，太空城失去

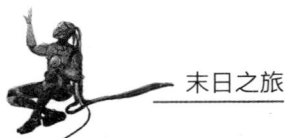

了光亮，簇拥在星球周围，仿佛暗淡的石子。

猛然间，一道闪亮的蓝光劈开天宇，爆炸的红光接踵而至，防护罩燃起熊熊烈火，然后浓烟四散。白热的辐射很快穿透浓烟而来，被遗弃的星球和它的卫星城浸泡在白热的辐射中。陆滩星顷刻间成了一个火球，而太空城纷纷爆炸，残骸仿佛烈日下飘落的雪花，纷纷扬扬，又很快消失不见。

毁灭就发生在海格斯眼前。海格斯一动不动，静静地看着眼前狂乱飞舞的火焰。白热的辐射炙烤着他，海神号悄无声息地靠过来，挡在海格斯身前。

海格斯望向银河深处。黑洞正以无可抗拒的力量搅动整个银河。

答案是在那里吗？

7

向黑洞前进需要无比强大的勇气。光和热统治一切，海神号就像浸泡在辐射的热汤中，它要用大量能量来抵抗辐射，因此无法提供足够的能量深入深度空间。它以每年三十光年的速度向前，就像一只在泥淖的道路上挣扎向前的蚂蚁。然而海格斯的决心足够坚定，海神号也足够顽强，他们终于能够在能量耗尽之前突破辐射帷幕，逼近黑洞边缘。

两百五十三年的光阴没有在海格斯身上留下什么痕迹，然而海神号已经破败不堪。除了超越引擎仍旧保持完好，海神号上下几乎不再有完好的部件。

漫长的黑洞视界统治了一半的天宇，另一半是灼热的辐射。黑洞强大的引力拖拽着一切，越靠近视界边缘，天宇越显得发紫，最后，在视界之上，形成一道若隐若现的黑光。

"我们到了。"海格斯对海神号上的昆仑说。

"很高兴我们能到这里。还有什么计划吗？"昆仑问。

"我要向你告别。"海格斯和昆仑接触，"多谢你一路护送我到这里。"

"这是我的荣幸。"

海格斯稍稍沉默，"我曾经和你的父体告别过，我以为先从这个世界上消失的应该是我，但后来，他走在我之前。他留下的遗言让我坚定地走到这里。眼下在这里，海神号不可能支持你离开，我很抱歉你的生命会在这里终结。你可以找个安静的地方，把自己安顿下来。海神和你同在！"

"不用担心我。你离去之后我会休眠，如果你还能回

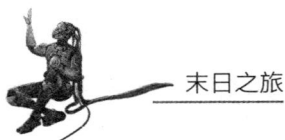

来，可以唤醒我。"

"好。再见！"海格斯说完向着黑暗的视界边缘而去。当他回头看时，海神号的灯光已经熄灭，昆仑安然进入睡眠。也许还有上百年，膨胀的黑洞就会触及它，撕裂它，吞没它。与眼前庞然的黑洞相比，银河中闪耀的一切都脆弱无比，精细的人造物更无法经受自然的宏伟之力。

黑洞正在膨胀，视界缓慢而不可抗拒地向着光明一方延伸，无数粒子掉落在引力陷阱里，刹那间失去光亮。陡峭的引力梯度开始显露效果，海格斯感觉身体正在被拉扯。

海格斯不再驻足彷徨，直奔黑洞视界而去。他触摸着黑洞，探究那些被无数的理论推导却从没有人能够真正接触的空间，他顺着引力的起落游移，观察引力波在狄拉克海上引起的涟漪。零点能随着引力波的移动时而沸腾，时而平静，如果有一艘飞船能够汲取零点能，它将发现这里就像打开了大门的宝库。狂舞的粒子仿佛一群群在海面上追逐浪头的飞虫，它们向着某一个沸点聚集，似乎就要钻入狄拉克海的波涛中，却在疏忽间分离，四散，然后重新汇聚，向着下一个浪头而去。

这是令人惊叹的景致，却并不能吸引海格斯的全部注意力。海格斯小心翼翼地计算着引力阱的深度，在抵达光线都不能逃逸的深度之前，他要向外发送信息。他必须在发送信号之前找到答案。他在引力波的缝隙中寻找机会，让下坠尽量慢一些，同时留意着任何可能性。

一个突兀的引力波给他提供了机会。这是一个小小的物体，掉入黑洞，在急速下落的过程中破坏了引力波的边界，引力波的破缺暴露了深层的空间结构，是再好不过的研究对象。海格斯不经意间一瞥，发现那引起了引力波破缺的物体居然是海神号的引擎。显然海神号已经解体，只有最坚硬的引擎留存。

海格斯一惊。当他开始落入黑洞时，海神号距离视界还很遥远，此刻，却已经消失在黑洞威力无穷的引力波动中。他忽视了黑洞和外界的时间差，千年一瞬，虽然只有短短的几个小时，外边的世界也许已经过去上百年。海族人和塞星人都已经远离，如果再迟一点，也许谁都不能收到信号了。

海格斯集中所有的注意力对引力波破缺进行分析。时间不多，他正在落向绝对边界，一旦进入，就将堕入永恒的黑暗。他只有最后的机会给这个世界留下点什么。

最后的时刻终于来临。海格斯的身躯闪闪发光，黑洞正吞噬他的身体，他的知觉变得很迟钝，似乎正在经历一个永不结束的黄昏，一切都凝固起来，缓慢地暗淡下去。

海格斯挣扎着保持清醒，分析最后收集的数据，他得到了答案，昆仑的设想并没有错，而黑洞所具有的特质却比预想得更为特别。使用零点能并不是错误，然而，在这个银河，却是一项自杀行为。

他一颗接一颗地发送粒子。这些粒子都打上了他的烙印，包含着最后的答案，它们将努力突破引力阱，一旦任何一颗能够进入平坦空间，塞利斯亚将感觉到它们的存在，然后寻找它们。

数以百万计的粒子被发射出去，海格斯感到生命已经走到尽头，他不再能够感觉，也失去了思考的能力，时间完全停滞下来，银河变成了一团永恒的黑暗。

再会！海格斯在黑暗中发出最后一个念头。

8

身体消失，一切感觉消失，他理应随之消亡，然而海格斯感到自己仍旧活着。

有人和他说话。

"你好，我叫墨忒斯。欢迎来到墨膜文明世界。"

海格斯并没有过于惊异，当他最后观察黑洞，得出的结论是黑洞在各个方向上的密度不均匀，和正常的情形迥异，正常的物理不应该导致这样怪异的现象，它由某种意识所塑造，这是唯一合理的解释。

"是你让我继续活着吗？"

"每一个人，如果突破视界之后我们能得到足够的残留信息，我们会让他继续活下去，当然是以我们的生命形式。"

"是你们操纵了黑洞的膨胀？"海格斯问。

"我们并没有操纵它，也无法操纵，但是我们促成了这件事。"

长久的困惑迎刃而解，海格斯完全明白了整件事情的始末。当海族人开始使用零点能，他们打开了一个宝库，然而很不幸，这个宝库和黑洞联系在一起，生活在黑洞中的高等文明不能容忍外部世界使用零点能。

"你们一直生存在黑洞中？"海格斯问。

"我们从外部世界移居黑洞。我不知道外界的时间，但是如果银河中的恒星数量仍旧超过三千亿，那么你们的时代距离我们并不遥远。"

"你们毁掉了几乎所有的银河文明。"

"我们别无选择。没有信息能够突破黑洞视界。"墨忒斯说，"你们在使用零点能，或者你们当中一些高等级的文明在使用零点能。这对我们的世界是灭顶之灾。触发黑

洞膨胀是无奈之举。因此而对你们造成的伤害，我们深感愧惜。"

"零点能引发黑洞坍缩？"

"部分如此。我们从外部移居到这里，认为从此可以与世隔绝，恒久生存。很快，我们意识到这只是个一厢情愿的梦想。外部世界的确没有办法影响到黑洞内部，零点能是一个例外。狄拉克海不会自我亏空，当外部世界得到零点能，狄拉克海自然侵蚀附近最大的黑洞，对于银河，就是银心黑洞，也就是我们的黑洞。对我们来说，即便黑洞不消亡，经常性的能量亏空也会导致黑洞空间的损失，让我们的族人大量死亡，这是一种毁灭性的打击。唯一的避免方法，就是让黑洞膨胀，我们可以在膨胀中获得额外空间来避免零点能损耗带来的损失。同时，黑洞的质量越大，汲取零点能所带来的不稳定性越高，使用零点能的风险就越大，外部世界会被迫放弃使用零点能。然而令人遗憾，一旦黑洞膨胀被触发，我们也没有力量让它在某个程度上停下，只有任其发展。"

海格斯默然。视界的阻隔让两边的世界都显得很无奈。海族人开发零点能算不上是一个错误，如果墨膜人并没有移居黑洞，如果有任何一种手段可以透过视界传递信息，如果黑洞的膨胀能够受到某种控制，情况都不会这么糟糕。当然，如果海族人能够更谨慎一些，仔细看待昆仑的假设而不是当作一个玩笑，也可以避免这样糟糕的结局。

"我们试图警告你们。当我们觉察到你们正在使用零点能，我们让黑洞有限制性的膨胀，然而你们没有发现这个信号，而且零点能使用量级迅速提高，我们的世界遭受到几次毁灭性的打击，不得不触发大膨胀。"墨忒斯说，"但我们尽量减少损失。对于外部世界落入黑洞的智慧生命，我们尽量恢复他们的记忆和智慧。这对有机生命体并没有什么意义，但是对于像你一样的高级生命体，几乎可以毫无损伤地继续生存。我们欢迎你们在这里重建文明。你可以把这理解成一种补偿。"

海格斯带着几分怅然，"我可以理解你们的做法，但这对我没有意义。"猛然间，他想起了一个更重要的问题，"某些情况下我们无法汲取零点能，为什么？"

"你必须克服能量阈值。黑洞越大，需要越高的能量密度进行交换。距离黑洞越远，同样需要更高的能量阈值。"

这正是海格斯所担心的问题，星船正在远离，他们深入一无所有的银河间暗区，零点能是他们唯一的依靠。

"如果是两万六千安特的能量阈值，可以在黑洞附近

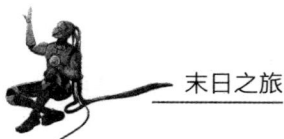

多远获得零点能？"

墨忒斯沉默了一小会儿，"如果银河被全部吸收，两万六千安特的能量阈值可以影响到黑洞视界之外六万光年。"

六万光年！夸克号所面对的是三百万光年的旅途。

"我们的飞船进入银河间暗区，他们要跨过暗区进入另一个银河，如果缺乏零点能，这必然不可能完成。有什么办法吗？"海格斯有些焦虑起来。

墨忒斯陷入长久的沉默。正当海格斯认为他将永远沉默下去，准备再次发问时，墨忒斯说："可能……"

尾　声

海碧丽来到船首。

巨大的弧形帆上，大大小小的引擎发出微弱的蓝光。若隐若现的红色光在舰体表面滑动，最后汇入各个引擎，让引擎的光亮起伏不定。汲井正在完成能量满充的最后步骤。

族长站在船首最高处，正向着银河那边眺望。看上去，银河是一个白亮的椭球，然而，这不过是两万年前的光景，此刻的银河，应该已经陷入了完全的黑暗。

"族长！"海碧丽轻声招呼。

"有什么发现吗？"族长问。

"我们使用反自旋甄别法过滤了三光年内的所有弥散粒子，没有找到任何一颗海格斯粒子。找到海格斯粒子的概率实在太小。"

"是的。"族长从高处飘然而下，站在海碧丽面前，"有时候我们需要一点运气。"

海碧丽沉思，"如果必须要找到海格斯粒子，那么让我留下，一旦有任何结果，我可以追赶星船。"

族长似乎在考虑这个直率的请求，但最后还是摇头，"我们必须向前走，你留在这里，不可能追上夸克号。有一个人离开就已经够了，我不想再让人去寻找海碧丽粒子。"

"海格斯可以做到，我也可以。"海碧丽显得很倔强。

"我不怀疑你的勇气，但是我们不需要无谓的牺牲。塞利斯亚已经告诉我们，海格斯粒子的信息很简单，只是一个数字：43。这已经足够。我们用了两百年的时间在这里寻找海格斯粒子，不是为了得到更多的信息，只是为了纪念他，如果为了纪念他而牺牲你，海格斯绝不会答应。"

"可塞利斯亚不是海族人，我们不能完全信任他。"

"他是一个海族人。他离开塞星联盟舰队回到我们这

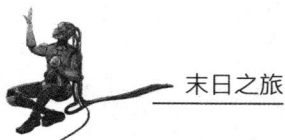

里，我们欢迎他。你必须学会欢迎他，无论你多么不喜欢这件事。"

对话陷入沉默。两个人就此站着，面对面，谁也不说话。

最终，海碧丽开口，"我会遵从您的指示。"

"准备一下，我们就要出发了。"

海碧丽向族长致意，离开了船首。当她的身影没入夸克号表面，族长再次飘然而起。他停留在弧形帆的顶端，向着银河眺望。

"海力斯船长，夸克号将在十分钟内进入深度空间跳跃准备，是否许可？"昆仑向他请示。

"汲取了多少零点能？"

"夸克号标准消耗二百六十五年，可以支撑前进三万四千光年。"

"不会有问题？"

"零点能汲取稳定，没有发现空间畸变迹象。"

"好！"海力斯再次望向远方。侦察船已经回来，确认了昆仑的猜测——的确有物质从银河黑洞分离出来，然而并不是另一个黑洞，而是一个白洞。这显然是一个异常事件，没有任何物质可以脱离黑洞的引力，然而，却分离出一个白洞。作为黑洞的对立方，白洞具有反引力，当它从黑洞中脱离而出，黑洞的巨大引力将它如炮弹一般抛射出来。它排除一切物质，因此比任何一颗恒星都要闪亮，一路留下辉煌的轨迹。

这是夸克号的救星。零点能突然之间销声匿迹，又突然间重新出现，一切迹象都表明，零点能的恢复和白洞的出现必然相关。

"43"，这是海格斯给出的答案。简单的数字背后，是关于银河黑洞的最大的秘密。那里有智慧生物，他们具有高度发达的文明，他们是零点能的掌握者。不仅如此，那里还有海格斯。

透过眼前数万光年的空间，海力斯仿佛正看见那银白发亮的球体破空而来。它沿着一条特殊的路径追赶夸克号，指向红色的王冠星云。

这不是巧合。依稀间，海力斯仿佛看见海格斯正站立在白亮的光球上，踏着狄拉克海的波澜，翩然起舞。他知道夸克号所遭遇的灾难，赶来挽救。他将伴随他们，渡过荒芜的银河间暗区，直到一个安全的所在。

"昆仑，我们还有可能见到海格斯吗？"海力斯问。

昆仑没有回答。

"算了，当我没有问过。"海力斯收回自己的问题，"启动弹跳程序。"

"遵命，船长。"昆仑回答。

当夸克号从深度空间折返，海力斯再度来到船首，站在帆顶眺望。昆仑找到他，"海力斯船长，关于您的前一个问题，我有一些线索。"

"什么问题？"

"是否能够再次见到海格斯。"

"你说吧。"

"如果海格斯船长生存在银河黑洞或者白洞中，眼下可能性最大的方法，是进入黑洞。"

"哦。"

"还有一种很小的可能，可以从外部分解白洞，让白洞内部的信息暴露。"

"我们能做到吗？"

"我需要更多的信息和计算。"

"那就继续吧。"海力斯望着远方，无限深远的时空发出无声的呼唤，即便对于海族人，那里还有许多的秘密。他和他的族人会继续向前，直到所有秘密被揭开的一天，或者宇宙的末日。"我们还有很多时间。"他对昆仑说，又仿佛只是在自言自语。

地球的翅膀

"该你了，晓宇！"麦克斯回过头来，微微一笑。

江晓宇并没有动。

麦克斯不以为意，"那我们来点更刺激的，不能让你白来一趟。

"在地面上，你跳出去，想跳三个台阶，结果落在第二个台阶上，最多也就是被嘲笑；在这里，可就是生死问题，你得跳得准，不然落点不对，你就会在玻璃膜上捅出一个窟窿来。

"别看这膜看上去好像很软，像你的席梦思床垫一样，其实它很脆，也很硬，窟窿的碎片会把你的宇航服扎出无数的洞，你的氧气会在眨眼间跑得干干净净，然后你就'嗝屁'了。死得很难看，眼珠子都会爆出来。我敢担保

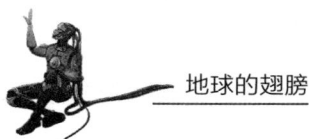

你不会喜欢那样的死相。所以，看好我的示范。"

麦克斯一边说一边解开救生绳，他弓起身子，然后猛地一蹬站台。

江晓宇感觉到脚下一阵震荡，晃荡了几秒才重新稳定下来。麦克斯跳出的后坐力引起了悬浮平台的细微漂移，无处不在的姿态控制模块很快找回了平衡。

麦克斯笔直地向前飞去。在一个无重力的世界里，飞行如此简单，一点小小的助推，就可以让人飞个不停。当然，这样的飞行也很危险，如果不事先盘算好，就有去无回。这是一个天体的世界，要按照天体的规矩来。

江晓宇紧张地盯着麦克斯。

麦克斯并没有使用救生绳，如果他不能准确地对准目标，就会完全迷失在太空里。但从他的飞行轨迹看，他很可能从下一个悬浮平台的边缘掠过。江晓宇的心几乎提到了嗓子眼儿。

麦克斯靠近了平台。悬浮平台伸展出两条粗大的支撑臂，那正是麦克斯的目标。就在即将掠过支撑臂的一刹那，麦克斯伸手抓住了它。悬浮平台摇摆两下，很快恢复了平静。

麦克斯落在台上，将救生绳扣上。

"来试一试。你要先扣着救生绳。"麦克斯的声音从耳机里传来。

江晓宇拉了拉救生绳，确定它牢牢地捆绑在平台上。

然而，这实在太危险了，而且没有必要。

"这不符合规范……"江晓宇迟疑着。

"到了太空，一切都要听我的。"麦克斯打断他，"我们不是说好了吗？这第一个挑战就怕了？"

江晓宇深吸一口气，然后弓下身子，模仿着麦克斯的姿态。

一、二、三！他给自己鼓劲儿，然后奋力一蹬。

他果然飞了起来。

"笨蛋，角度不对！"麦克斯大声地奚落。

不需要麦克斯指出这个显而易见的事实，江晓宇自己就能感觉出来。

他正斜斜地向上飞。

巨大的膜平面正显露出全貌，它像是一片无边无际的平原，向前向后向着任意方向无穷无尽地伸展，最后在遥远的天宇和星空融为一体。

膜闪着霓虹般的色彩。江晓宇仿佛跨过一道又一道的七彩霓虹，依稀间，他能看见自己的影子映在霓虹里。

一时间，他看得出神，几乎忘了自己正向着外太空飞。

一阵猛烈的拉拽将他从恍惚中拉了回来。救生绳被拉

到了最大长度。

"笨蛋，快点火，你得控制飞行。"麦克斯显然急了，声调也高了几分。

江晓宇深吸一口气，让自己冷静下来。

他仔细观察眼下的形势。

自己的确处在一个危险的境地里，拉长到尽头的救生绳并没有完全吸收自己的动能，而是将它转化成了角速度。此刻自己就像一个摆锤，正向着那无穷无尽的膜平面砸下去。

如果真这样砸下去，膜平面就会被严重损毁，更有可能危及宇航员的生命。在学院的模拟实验室里，他从未出过这样的差错，可他第一次膜上行走，就出了这么严重的失误。

江晓宇感到自己真是个十足的书呆子，到了现场就笨手笨脚。

还好冲向膜平面的速度并不快。

"操作手册第五条！"麦克斯喊道。

江晓宇一板一眼地按照培训课上的应急方案操作。很快，他止住了向着膜平面的冲劲，悬浮在距离平面大约十五米的位置上。

好险！

"好小子，还真有你的，不愧是高才生。"麦克斯夸奖他，"怎么样，是不是很刺激？转过来，我给你来一张纪念照。"

江晓宇扭过头，面向着麦克斯。

麦克斯稳稳地站立在悬浮平台上，一手举着手机，一手挥动，示意江晓宇摆出姿势。

麦克斯就像地球上任何一个景点的游客一样兴致勃勃。

江晓宇笑了笑，正想摆出"V"字手势，却听见了麦克斯的惊呼，"我的天啊，你身后是个什么鬼！"

江晓宇正想回身去看，某个东西已经悄无声息地从头顶掠过。

江晓宇心中一惊，抬头看去，只见一个庞然巨物，闪着浅灰色的金属光泽，就像一艘航天母舰。足足十五秒，它才完全从江晓宇的头顶飞过，向着前方而去，很快消失在星空背景中，踪影全无。

"它消失了！你看见了吗？这是魔术吗？"麦克斯仿佛在自言自语，兀自向着不速之客消失的方向张望。

"它还在那里。"江晓宇回答，"它遮住了几颗星星。"从他的角度望过去，一望无际的膜平面闪闪发光，在那光的原野之上，星空闪烁。璀璨的星空背景上有一块纯粹的黑色，一颗星星也没有，正是被不速之客挡住的区域。黑

色区域不断缩小——那不速之客正在快速地远离。

江晓宇用最快的速度调整喷气口，向上升起，尽可能地远离膜平面。

果然，在膜平面耀眼的背景下，消失的飞行物现出了原形，它一片纯黑，轮廓有些像一枚粗短的火箭，或许更像一只收拢四肢的青蛙。

它正向前快速飞行，在它的轨迹前方，膜和天宇交接的地方，一丝蓝色悄悄露头。

那是地球。

近地轨道发现不明飞行物。

这个消息在两个小时内被各种各样的媒体转载，引起全球轰动。

国家航天部的一号会议室中，这来历不明的飞行物正被投影在屏幕中央。

"谁能确定地告诉我一句，是外星人吗？"局长站在巨大的屏幕前，盯着那黑沉沉的影像，满脸严肃地问。

周围鸦雀无声。

"局长，很多媒体都报告是外星人。"局长助理站出来圆场。

"NASA（美国国家航空航天局）的看法呢？"

"他们还没有发布最新报告，上一份报告认为，这个不明飞行物来自地球外的可能性很大，这和我们的看法是一致的。"首席科学家李甲利发言。

局长转身，走到了会议桌前，伸手示意，"大家坐，坐下来开会。"

场上的气氛顿时一缓，局长坐下，大家依照职级依次落座。

凌晨三点被召集起来开会，这是破天荒头一遭。

局长环视会场，"我知道大家都很辛苦，但是半个小时前，我刚从中南海出来。主席给我的任务，是在两个小时内提交一份报告。这是一场太空竞赛，诸位要明白其中的分量。"

李甲利咽下一口唾沫。

他今年五十八岁，已经在航天局首席科学家这个位置上坐了八个年头。外星人，虽然理论上并不能否认它存在的可能性，但毕竟太过于缥缈了。所以在他的主导下，航天局的资源都投到近地轨道探索上，那些申报的深空项目，不要说木卫二、土卫三、柯伊伯带探索项目，就连火星项目都被砍得只剩下六分之一。反对的意见很大，但都被他以天电站的重点项目建设必须全力保障为理由压了下去。

天电站能带来切实的收益，其他的项目，尤其是那些

深空探索，都是"烧钱赚吆喝"，过几百年再去也不迟。

"外星人，也许几百年以后有可能，我们这辈子是看不到了。"他总是这么说。

现实却和他开了一个巨大的玩笑。

一艘外星飞船静悄悄地来了，就在地球轨道上绕行。那的确是一艘外星飞船，绝对没错。

"刘局长，所有能动的望远镜都指向它了。两个小时内，我们会提交一份翔实的报告。"李甲利向局长报告。

"翔实到什么程度？能不能比过 NASA？主席晚上十二点和美国总统通过电话，一致同意共同探索。美国人的航天母舰正好在静止轨道上，他们去追这个东西了。望远镜，望远镜能比得过实地勘测吗？"

局长的话中隐约有些责备。全世界只有两艘航天母舰，都属于美国人。中国的航天母舰计划在十年前搁置，其中最重要的原因，就是和天电站建设之间的资源竞争。如果没有这次意外，凭着天电站产生的经济效益，搁置航天母舰无疑是个正确的决定。但是外星飞船来了，形势顿时变得不一样了。

"我们会和 NASA 同步的，这些年我们合作得很好。"李甲利回答。

"那就抓紧时间。我十点半还要进一趟中南海，十点钟我要再听一次汇报。各部门都要支持李总的工作。李总，你十点半和我一起进中南海。现在散会。"

会议室里的人们悄然无声地散了。

"我的行走车发烫，快烧了！"麦克斯对着话机，几乎吼叫起来，"你把站长叫来！"

话机那头沉寂下去。

"哼！官老爷就是官老爷。"麦克斯骂了一句。

"麦克斯，全速赶回总部。"站长的声音从耳机中传来。

"比尔，我的行走车快烧了！"

"我会给你配一辆新的行走车，你要做的唯一一件事，就是在最短时间内赶回空间站，准备好回地球。"站长的声音很沉稳，也没有丝毫讨价还价的余地。

"比尔，空间站没有我们的返航飞船。"

"会有的，这方面你不用担心。我们已经协调好了，你会搭中国人的飞船回地面。"

"好，你做主！"麦克斯一边说着，一边猛然加大了行走车的油门。

江晓宇紧紧地抓住扶手，稳住身子。这种被称为行走车的交通工具就像一个橄榄球，仅有两个座位，挤在里边的感觉像是被装在罐头里。麦克斯操纵着它在膜平面上飞

行，一道又一道黑色的坎从眼前快速掠过，那是膜上不同区块之间的隔断。虽然只是一道道阴影，并不会对飞行造成影响，但在一闪一闪之间，江晓宇感到自己仿佛正坐在一辆急速赛车上，不断加速奔向前方。一阵阵眩晕感不断袭来。

他只能紧紧地抓住扶手，抓得如此紧，以至于身子都在微微颤抖。

"抬头。"麦克斯突然说。

"什么？"江晓宇有些茫然。

"如果你感到晕，就抬头。"

江晓宇抬起头。

头顶是一片静谧的星空，灿烂的群星光华四射。

江晓宇精神一振，眩晕的感觉霎时舒缓了很多。

"看着远方的星星，感觉会好点。据说，每一颗星星上都住着一个鬼，它们都在看着你，这样会不会感觉舒服点，哈哈！"麦克斯仍旧嘻嘻哈哈，但笑声却有些干巴巴的，并不像平日里那么爽朗。麦克斯心里也一定很紧张！

行走车转过一个急弯，一股巨大的力量把江晓宇紧紧地压在舱壁上，巨大的加速度堪比火箭起飞。还好只是一个急弯而已，两秒就结束了。江晓宇缓过一口气，然而视线所及，又是一惊。远方的天空中，现出了地球的身影，一半蔚蓝，一半浸没在黑暗中，点缀着金黄灿烂的灯火。在蔚蓝色半球的上方，一片纯白的风帆仿佛正迎风招展——地球之翼！那是已经完工的左翼，而他们正在施工中的右翼上方奔驰。

江晓宇张了张嘴，轻轻吐出一个"啊"字。

这轻轻的一声没有逃过麦克斯的耳朵。

"别大惊小怪的，不就是太阳帆嘛，难道你在录像里没见过？"

录像里对这样的超级工程有详尽的介绍，江晓宇甚至还用虚拟现实的设备体验过在太空中观看地球之翼，但无论什么样的录像和体验都比不上用自己的眼睛真正地看见它。

它就像地球生长出的洁白翅膀，在无限空寂的宇宙映衬下，晶莹无暇，美得让人心醉。

江晓宇微微发怔。

忽然间，他看见了另一些东西。

就在地球之翼的下方，有两个黑色的物体。

无论那是什么，在如此遥远的距离上仍旧能够被肉眼发现，一定是庞然大物。

江晓宇很快辨认出其中一个，正是他所见过的不速之客。它看上去更为细小，轮廓仍旧像只青蛙。

另一个物体只是一个小黑点，看不出是什么。

没等江晓宇想到是什么，黑点便被巨大的钢架结构遮挡住了。他们进入了一片基础结构区。

天宫七号出现在前方，它就像一个巨大的扁圆铁盒，伸展出八条长短不一、粗细各异的胳膊，在太空中缓缓旋转。

"坐稳了！"麦克斯大喊一声。

刹那间，行走车被某种力量向下一拉。

江晓宇眼前一黑，什么也看不见了。

"现在彻底安全了。"黑暗中传来麦克斯的声音。

李甲利等待着主席的接见，他的心情忐忑不安到了极点。

"挑最重要的第三点和第四点先说。"局长看了看他，轻声提醒。

李甲利点头，"我调整了资料顺序，大概用五分钟可以说明重点。"

说话间，会议室的大门打开，两名身穿黑色西服的工作人员上前，示意他们跟上。

他们走进了代表着国家最高行政权力的会议室。

五位常委到了三位。

那些经常在电视、手机上看见的面孔，此刻正端坐在巨大的方形办公桌后，略带焦虑地看着他们。

不等他开口，居中的林主席挥了挥手，"李院士，我们不要客套了，抓紧时间，我们需要你的专家意见。"

李甲利打开手机，点亮了虚拟屏幕。一米见方的投影展示在三位常委面前。

重点是第三点！

李甲利轻点屏幕，来自外太空的不速之客展露出它的模样。它不发光，看上去漆黑一团，只能看出一个大略的轮廓。

"目前最清晰的照片就是这样。它的表面材料吸收各种频段的电磁波，最强的反射率才千分之六，在可见光频段上会被完全吸收。所以它基本上是隐形的，没有能够及早发现它的原因也就在此。

"但是它显然能够探测到地球上的强射电源，并有针对性地做出了反应，截至目前，全球共计六十五个卫星中继站都收到了类似的信号，直接指向这个不明飞行物。我们的太空通信也曾经受到干扰，汇总的报告显示，它至少对超过十八颗通信卫星发射过电磁波，信号强烈，而且有一个共同特点，就是使用的频段和该卫星的频段相同。至少这是一个具有相当智能的飞行器。"

"它是有敌意的，还是友好的？"邓书记发问。

"没有任何证据说明它的态度。"李甲利回答，"这无法从当前的情况进行判断。但是有一些情况可以作为参考。"

李甲利调整了屏幕，屏幕上显示出一条轨迹，一半红色，一半蓝色，绕成一个椭圆的圈，其中包裹着地球和地球两侧绵延两万千米的太阳电站。

"这是根据当前的情报收集绘制的飞行器线路。蓝色是它已经行进的路线，红色是预期路线。它目前在地球轨道上，距离地表六万千米。它进入地球轨道的时候利用了地球引力的加速效应，所以主要的航天机构都判断它会充分利用引力弹弓效应加速，但是对于它下一步的动作，各方有分歧。NASA 的判断是它将在最有利的 A 点位置脱离地球轨道，贴近地球之翼飞行，从能耗的角度，这条线路做出的机动调整极小，而且能够有效地同时探测地球和地球之翼。NASA 认为，它将借助地球引力弹弓效应加速百分之三，然后向着太阳方向出发，利用太阳的引力弹弓效应加速，横穿太阳系。"

屏幕上，太阳系的简图被展示出来，一条红色的线从地球擦过，直奔太阳，在太阳的周围走了一段小小的圆弧，转过大约三十度的角度，然后笔直地向着远离太阳的方向而去。

"那么，NASA 的结论是，它偶然经过地球，所以我们不需要做任何事？"邓书记又问。

"这是一个推测，我们对它没有任何深入的了解，任何结论都有武断的成分。"李甲利深吸一口气，"但是我同意 NASA 的看法，它对地球进行一次探访，然后会直接离开，事实上，我们对其他星球的探访都是这么做的。在宇宙空间里，这是最有效率的做法。当然，如果它的技术水平远远超过我们，那就又另当别论，我们也什么都推测不出来。"

三位常委彼此交换了眼神。

"其他的可能性呢？我们该怎么做？"邓书记问。

"其他的可能性只能等待它的下一步动作。我们向它发送电磁波进行联系。但到目前为止，它对我们发送的任何电磁波都置之不理。"

"凡事都要有两手准备。"林主席不紧不慢地开口了。

"我们的机动卫星都做好了准备，随时可以进行在轨打击，所有的拦截火箭部队也做好了防御准备，北京重要的政治军事部门都在周密的保护下。已经和火箭军司令毕开元开过会，所有的部署在六个小时内完成，外松内紧，一级戒备。"局长有条不紊地回答。

"很好。"林主席平淡地回了一句，看了看李总理和邓书记，"那么我就都说了！"

李总理和邓书记点头。

"我们有确切消息，美国人派他们的宙斯号去追那艘外星飞船，我授权你们，调动一切资源，在美国人之前降落在它上面。或者，能够和它取得联系也可以。我会下达主席令来执行这个任务。"

李甲利心头一颤。宙斯号是美国人的在轨航天母舰，如果美国人真的派遣宙斯号去和外星飞船会合，他们就占据了绝对优势。他飞快地盘算着各种可能性，然而茫无头绪。

"主席，我们会坚决完成任务。"局长坚定地回答。

林主席的目光向着李甲利扫来，"李院士呢？"

"我，"李甲利鼓起勇气，"我会尽全力寻找解决方案。但是主席，在科学上无法解决的问题，终究不能强求。"

林主席微微颔首，"你是首席科学家，你说了算。但是……"他的目光在局长和李甲利之间逡巡，"我们在这里要达成一致，外星人的目的我不知道，但美国人总有他们的目的。"他拖长语调，"如果他们派航天母舰去，我们至少也要派一个飞行器去，无论是什么飞行器，美国人到的地方，我们也要到。我们为了建设地球之翼，投入了这么多资源，火箭都发射了多少？至少有上千次吧。找一个飞行器去会会外星飞船，应该不会太难吧。"

林主席话里有话，李甲利一阵惶然。这艘奇怪的外星飞船，速度是第三宇宙速度的两倍，靠近这样一个飞行物，需要精确的计算和周密的计划才行，仓促之间，哪里能有飞行器可以去接近它。但主席已经把话说到了这个份上，他没有任何退路。

"主席，我会拿出一个最佳方案。"李甲利硬着头皮说。

刹那间，他的脑海中翻腾起各种可能性。

林主席再次扫视着两人，"谁也不知道这次意外会带来什么结果，但是我们要向最好的方向努力。外星人就算走了，这事也不会完。接下来就要看你们两位的了。"

他的目光落在李甲利身上，"给李院士那里接一条热线，有什么事直接找我。"

偌大的空间站里显得冷冷清清。

江晓宇在中央舱里穿行，却一个人也没有遇到。

这让人有些奇怪，一个月前，他来到天宫七号的时候，这中央舱里至少有来自六个国家的超过四十个宇航员在这里。他们似乎一夜之间都消失了。

"麦克斯，这里一个人都没有，他们都去哪里了？"

江晓宇停下来问。

"我怎么会知道，等我一会儿，我们可以问问高大力！"麦克斯的声音从耳机里传来，他显然带着几分怒火，"天啊！卫星怎么这个时候坏了，没法认证身份，我连洗澡间都进不去。"

江晓宇审视着中央舱的一切，这种感觉太奇特了，偌大的中央舱，仿佛就是为他一个人而存在的。

他向前移动到舷窗前。

天宫七号无疑有着最好的景观舷窗，长达二十米的玻璃墙，中间没有任何隔断，在所有的太空城里首屈一指。往常，这景观舷窗前挤满了人，天空城的宇航员们频繁来往，凡是到了天宫七号的，都会在这堵玻璃墙前流连，想要找个没人的时刻，简直比登天还难。

但此刻的确一个人都没有。

江晓宇扶着玻璃墙上透明的行走杆，脸几乎贴在了墙上。

世界变得分外安静，耳机中细微的沙沙声也清晰可闻。

他贪婪地透过玻璃墙向外看，那景致百看不厌。

蓝色的地球占据了几乎大半个视野，从这个角度望下去，正好是太平洋，整个地球一片蓝色。白色的云朵凝固着，仿佛是蓝色宝石上的丝丝纹路。大气层被渲染成淡淡的光晕，笼罩在地球外围，就像神圣的光笼罩大地。圣光向着漆黑一片的宇宙伸展，最后消失于黑暗中。不远的前方，一片白帆高悬在地球之上，那是白色的地球之翼，白亮得有些晃眼。

在亮得刺眼的白色中，他看见了那个小小的黑点。是的，就是它！那艘不知从何而来的飞船。一艘真正的外星飞船，几个小时前，它就从自己的头顶飞过。

江晓宇努力地凝视着那个小小的黑点，看上去，它正掠过地球之翼，向着地球下落。

究竟是什么样的生灵会在那艘飞船里边？他不禁问自己。

一旁突然传来轻微的嘶嘶声，打断了江晓宇的思绪。他扭头看去。

气密门正在打开，一个高个儿中年男子滑了进来。他的动作轻松舒展，就像一条游动的鱼。

"你是江晓宇吧！"来人热情地自我介绍，"我是天宫七号的站长高大力，欢迎你！萤火六号还有六个小时就可以进入脱离发射程序，你需要提前半小时登船。登船之前，你可以随意走动，大部分舱室你都可以去，我已经把你的权限都打开了。注意安全！"

高大力飞快地说了一通，顿了顿，"我和麦克斯是好

朋友，我们还是同学。"

"晓宇，不要听这个混球胡说，我可不认他是同学，到现在连洗澡间都没有给我打开。"

高大力哈哈一笑，"现在是一级戒备，这可是规矩，忍忍吧。"说着，他拍了拍江晓宇的肩头，"有什么事，直接呼叫我就行了。这里没别的好处，就是景观不错，好好欣赏！"说完，他正要起身离开。

"高站长，为什么这里一个人都没有？"江晓宇抓住时机问。

"哦，"高大力点头，"我也很不习惯，还不是你们报告的那个东西搞的。"

"什么东西？外星飞船？"江晓宇感到困惑。

"美国派宙斯号去追它，送了一条消息来，说按照合作惯例，可以带上任何有兴趣对它进行探测的合作国家宇航员。然后你就看到了，所有人都去了，只剩下我。如果我不是站长，我也会去。千载难逢啊！"

江晓宇不由愣住，"去追外星飞船？"

"是啊，难道看什么天体还能让所有人这么激动？他们可是抢着要去的，还好美国人的飞船大，再多人都能装下。"

"哈，美国，我伟大的祖国，终于雄起了。"麦克斯的声音传来，"总是被你们中国人抢在前面，都说中美友好，抢风头也该轮流来，对不对，哈哈！"

麦克斯似乎永远都笑不够。

"我们能赶去吗？"江晓宇急切地问。

"当然不行，接人的飞船都已经离开六个小时了。航天母舰早就向着会合线路出发了，一生只有一次的机会，可惜啊！"高大力摇了摇头，忽然意识到什么，"不过你们两个最先发现那艘飞船，全世界都知道了，你们成了名人，也不错！"他拍了拍江晓宇的肩，做出一个宽慰的姿态。

"通信一恢复，就通知你们上飞船。"高大力说着一纵身，像一条游鱼般掠过，没入气密门背后。

江晓宇却无论如何都平静不下来。

远方，外星飞船只是一个小小的黑点，正向着地球的方向缓缓移动。茫茫太空中，有一艘载着各国宇航员的航天母舰，正追踪着它，准备在某个位置上和它会合。然后会怎么样？他们会看到什么？美国人能捕获那艘外星飞船吗？

"晓宇，通信恢复了！我们要准备降落。"麦克斯传话来。

"我不想回去。"江晓宇低声回应。他的视线没有一刻

从那个小小的黑点上挪开。

李甲利已经在办公室里枯坐了三个小时。

向下属布置完任务后，他就把自己关进了办公室。凭着多年的经验，他估计下属不会提出什么好的计划。三十多年来，为了建设地球之翼天电站，航天局在月球和天空城里制造了大量的运输工具，然而那些都是粗笨家伙，只能在既有的轨道上缓慢运行，可以用来运送大量物资，但要它们像航天飞机一样在太空里穿梭，简直就是要大象在浴缸里跳舞。与美国人的航天飞机相比，中国载人飞船的差距不是一星半点儿，虽然这种差距在军事上可以被大量机动卫星平衡掉，但是要完成会合飞船这样的精细活儿，那就望尘莫及了。

让美国人去也挺好，太空中没有国界。

这个念头反复闪现，都被李甲利强行压了下去。虽然世界已经和平了许多，但远远没达到大同。竞争无处不在，太空也要占有先机，尤其是主席都把话说得这么明白了。

他强打起精神，又开始翻看各种飞行器的参数，对照飞船轨迹，寻找可能的解决方案。

桌上的电话突然响了起来。

这是办公室的私人专线，很少有人知道号码。李甲利按下预览钮，电话上并没有浮现出人像，而是一行字——"天宫热线"。这是一个从外太空打来的电话！李甲利精神一振，正式接通电话。

"李老师！"扬声器里传来惊喜的声音，"冒昧打扰您，实在过意不去。我是江晓宇。"

"江晓宇？你不是放假了吗？怎么会到天宫去了？"李甲利确信那电话是从天宫打来的，航天局的线路不会出错。

"这个说来话长，我和一名美国宇航员一起对地球之翼进行检修……"

李甲利忽然回过神来，"是你们发现了那艘外星飞船？你们传回的照片？"

"是的，的确是我们发现的。"江晓宇回答。

李甲利微微有些惊异。自己心血来潮，年初接受了中国航空航天大学的邀请去讲授一学期的课程，带一个特别的博士班。这个叫江晓宇的是班上成绩最好的学生，头脑灵活，志向远大，他很欣赏。他邀请江晓宇来航天部实习，不料却被婉拒了，说是不愿意在办公室里玩计算，而希望去真正的宇航基地待一段时间。无数人求也求不来的机会，江晓宇却主动放弃，这让他更好奇，于是给了江晓宇电话号码。

此刻，自己正为外星飞船而焦头烂额，江晓宇却从天宫打来电话，说是他第一个发现了外星飞船。

这真像电视剧。

还是冥冥之中的天意？

他强迫自己平静，"晓宇，什么事？"

"还有几个小时，他们要求我降落回地球，但是我不想回去。我要留在天上等那艘飞船。李老师，您是著名的航天专家，也是航天局举足轻重的人物，能不能帮我说服他们让我再留两天？"

李甲利有些意外，"等那艘飞船？"

"是的，就在天宫七号等。"

"它的飞行轨迹显示很快就会脱离地球轨道，天宫七号不在它的路线上，而且越离越远，你想等什么？"

"但是我们不知道它究竟会做什么。看天宫七号的位置，它在两片地球之翼的中央，是一个巨大的柱体，体积超过六百万立方米，还配有各种附属装置，和地球遥遥相对。如果我是外星人，我肯定会注意到它。但是那艘飞船根本没有接触天宫七号……"江晓宇的声音越来越激动，甚至有几分高亢。

李甲利果断地打断他，"你是说它会去拜访天宫七号？"

"我不知道，但是很有可能。如果它是冲着地球来的，它不该错过天宫七号。"面对李甲利的询问，江晓宇冷静下来，回答完毕便陷入沉默，等待着老师的下一个问题。

李甲利飞快地考虑着其中的合理性。

是的，天宫七号位置重要，连接着两片地球之翼，而且形体庞大，是一个显而易见的枢纽，远道而来的外星飞船不该错过它。

那么，外星飞船现有的轨道迹象只是一个假象？

如果那艘飞船虽然发现了天宫七号，但不愿消耗动力去会合它呢？

一切都取决于那艘外星飞船的能力和意愿，然而这恰恰是地球上所有人类都不知道的事。

李甲利沉默片刻，"天宫七号上还有谁？"

"除了我和麦克斯，还有高站长。"

"只有你们三个？其他人呢？"

"他们都上了美国的航天母舰，去追外星飞船了。李老师，这可能是唯一一次机会，错过就不会再有，您帮我留在这里，就多两天！"

"让我考虑一下，我会尽量帮你的，我一会儿给天宫打电话。"李甲利说完挂断了电话。

他十指紧紧地绞在一起，两只胳膊支在办公桌上，眉头紧锁。

美国的航天母舰已经出发，而且还捎带了各个国家的宇航员，中国的宇航员也在其中。而自己找不出任何方案可以抢在美国人前面去和外星飞船会合。

那么江晓宇所描述的可能性就成了最后的一丝希望。他调出了天宫七号的资料，反复斟酌。

他向着电话伸出手去。

手竟然在颤抖。

他缩回手来，让心情平静一下。

片刻后，他果断地拿起了电话，拨通了号码。

中南海内的某张办公桌上，一部红色的电话响了起来。

宙斯号如同巨大的银色钢臂，船头膨大的防护层就像巨大的拳头。两门对称分布的电磁炮直指前方，闪烁着能量充盈的蓝色幽光，仿佛宙斯的神秘权杖。

船舷上，星条旗的图样甚为醒目。

飞船前方，来自外太空的神秘飞船近在咫尺，似乎随时会被宙斯号追上。两艘飞船体积相若，一前一后。

宙斯号不断发送各种消息，甚至发出了威胁，但神秘飞船无动于衷，仍旧保持着自己的速度和航向。

两架无人机从宙斯号上升起，准备贴近神秘飞船探查。

然而，就在下一个瞬间，神秘飞船消失了。

这突如其来的变故让整个地球的人类都沉默下来。

外星人使用了一种地球科技尚无法理解的方式，将宙斯号甩开，去向不明。

两架无人机在神秘飞船消失的位置盘旋，试图寻找追击的对象，然而徒劳无功。它真正地消失了，无影无踪，就像不曾存在过。

全世界关注着直播的人们都目瞪口呆，恐慌开始蔓延。

它去了哪里？

天宫七号的中央舱内，江晓宇挥动胳膊，一拳打在舱壁上。"耶！"他压低声音给自己鼓劲儿。屏幕上，宙斯号茫然徘徊，已然失去了方向。这是十分钟前的画面，经过层层传递最后才抵达天宫七号，但江晓宇相信，宙斯号一定仍旧在那儿徘徊。

飞船消失，意味着自己的猜测对了一半！

"你不能这么幸灾乐祸，你该不会希望外星人征服地球吧。"麦克斯懒洋洋地躺在沙发里，手里拿着一管饮料，"它可是在地球那一面消失的，距离我们有十万千米，如果它真能穿透地球出现在天宫七号，我只能说，你太有才了。"

江晓宇嘴唇一张，正想说点什么，中央舱的广播响了起来，"江晓宇，电话，六号位，是李院士打来的。"高大

力喊他。

江晓宇纵身一跃，滑到了六号位，点亮话机屏幕。一块隔离屏自动降落下来，将一切都隔绝在外。

"晓宇！"李院士的声音有几分激动。

"李老师！"江晓宇压抑着兴奋。

"宙斯号的事，你知道了？"

"我刚看到。"

"我刚和深空物理研究所的钱伯君教授通话，他是做宇宙结构学研究的。他说，飞船突然消失，很可能是虫洞效应，这种效应只能在高度扭曲的空间范围内借助极高的能量触发。"

"嗯。"江晓宇点头。这是一场豪赌，却正向着有利于他的方向变化。

"所以你的猜测说不定是对的！"李院士的声音仍旧带着激动，"地球周围的空间扭曲程度不大，如果进入虫洞，只可能在地球周围重返正常空间，否则会失落在虫洞里，这是钱 – 托马斯模型的预言……"

江晓宇认真地听着，然而当他的视线扫向舷窗外，就再也听不进去一个字了。

舷窗外，巨大的飞船悬浮着，一动不动，泛着浅灰色的光。

外星飞船！

在这样的距离上，它体积庞大，充满着压迫感。

就和它第一次从自己头顶飞过时的感觉一样！

"晓宇，你在听吗？"李院士似乎感觉到了话筒这边的异样。

"李老师，它在这里！"江晓宇机械地回答。外星飞船会造访天宫七号，这是他的猜想，然而外星飞船竟然以这样的方式毫无征兆地出现，这远在意料之外。面对这孜孜以求的外星造物，江晓宇一阵发蒙，全身发凉。

通话异常中断。电话里只剩下沙沙的电子噪声。

隔断屏打开，他听见了回响在整个中央舱里的声音，"晓宇，你在听吗？"

声音不断地重复。

这是通话中断之前，李老师的最后一句话。

麦克斯在全景舷窗前站着，正回头看着他，脸上露出不可思议的表情。

气密门嘶的一声打开，高站长冲了进来，他冲得如此猛，以至于差点就撞到江晓宇身上，"怎么回事？"他急急地问，"我们的所有通信都被切断了。外星人知道你？"

江晓宇不知道该说什么，木然地看着两个同伴。

高站长首先镇定下来，"好吧，看起来我们三个是被

困住了。它点了你的名，晓宇，那么我就代表你回应它？我该发送一条什么消息？'我在这里'？"

江晓宇点头，他仍旧沉浸在深深的麻木中，任何人的任何主意都是好的。

地球上，全球的主要频道都收到了同样的消息。

"晓宇，你在听吗？"

李院士的声音随着无线电波在各大洲反复回响。

它就像看不见的核弹，引爆了所有人。

"李甲利院士，这是紧急状态行动委员会全体会议，议题就是你和天宫七号的通话。"

李甲利的眼前浮现着六个虚拟的人影，他知道自己的虚拟人像正站在中南海某个特殊会议室的中央，和这些全中国最重要的首脑面对面。

事情清楚明白，面对着大佬们，他没有一丝紧张。美国人没能抢先，政治任务完成了，外星人出现在天宫七号附近，证实了事前的猜想，这都是好的方面。他只是为天宫七号里生死未卜的三个人感到担心。

"李院士，外星人为什么会反复播放你的通话。"邓书记问。

"这只能猜测，因为当时我和江晓宇在通话，非常可能这是外星人截断通信之前的最后一句，它们把这句话放出来，只是因为它们认为这是一句通信而已，并没有特别的意思。"

"就是说，你的话刚好被它拿来当作联系手段，是这样吗？"

"这是最大的可能。"

"但是你曾经报告最大的可能是外星飞船会借助地球进行引力弹弓加速，然后离开，穿越太阳系。"

"这是航天界当时的共识。"

"但是它消失了，出现在天宫七号。这也是你的猜测吗？"

"这是江晓宇的猜测，我同意他的看法，而且以常规的手段，我们是无法抢在美国人之前接触飞船的，所以我们需要一点运气。这件事当时林主席同意了。"李甲利说着看了林主席的虚拟人像一眼。

林主席正襟危坐，脸上毫无表情。

"你和江晓宇的计划，是等待外星飞船在天宫七号出现，然后用萤火六号穿梭机去接近它，是这样吗？"

"天宫七号只剩下这一艘可以往返地球的飞船，外星飞船到底会怎么行动，谁也不知道，如果真的需要降落在外星飞船上，萤火六号是唯一的航天飞行器，但是它不能

在另一艘飞船上降落，所以我们需要技术高超的宇航员进行一次太空行走。"

"江晓宇能够胜任吗？"

"我不知道。但是天宫七号上还有高大力和麦克斯·李两个人，他们是资深宇航员，能够处理复杂的情况。现在我们和天宫七号完全失去了联系，只能依靠他们了。"

李甲利顿了顿，"现在他们就代表全人类。"

"美国人调集了他们的在轨机动卫星向天宫七号靠拢。"一直沉默不语的林主席终于开了口，"你是航天口的首席科学家，你认为我们该怎么办？"

李甲利深吸一口气，"任何军事行动都毫无意义。外星飞船进行了一次钱－托马斯跳跃，或者叫作折叠跳跃，远远超出了地球的技术水平，我们并不清楚它的军事技术如何，但是能够进行钱－托马斯跳跃的飞船，能量控制水平肯定是惊人的。钱伯君教授告诉我，这需要把一颗千万吨级的氢弹威力限制在六个立方米的空间内，维持的温度大约是太阳核心的温度，一千五百万摄氏度。我们的聚变反应堆能有这个温度，但是体积比这艘飞船整体还要大上三倍，这艘外星飞船的控制技术远远超出了我们的聚变反应堆。"

"直接说你的结论。"林主席打断李甲利。

"调动卫星严密监视它的动向，除此之外，什么都不要做了。所有国家和组织都应该停下来，看看外星人到底会怎么和我们接触。"他看着林主席，"美国人那边，我们也该建议他们暂停军事行动。"

林主席缓缓点头，"你的建议很客观，我们会和美国人协商的。"

外星人的广播停止了。

飞船仍旧静悄悄地横在天宫七号上方，没有丝毫动静。

江晓宇、高大力和麦克斯三个人并肩站在全景舷窗前，望着外边的外星飞船。

"它们没动静了，我们该怎么办？"高大力问。

"怎么办？继续等着，还能怎么办？"麦克斯反问，"万一它们想要把我们抓去做样本可就惨了。我要先喝点什么，你还有什么存货吗？猫屎咖啡，有吗？"

"这关头谁有心情跟你开玩笑！"高大力黑着脸，转向江晓宇，"晓宇，你说怎么办？"

"难道我们不过去吗？"江晓宇抬头看着高大力，"它们不来，我们可以过去。它飞了几十上百光年，我们飞个几百米，也是应该的。"

"你倒是回过神来了。"麦克斯笑着说，"看你刚才脸

都绿了。有个成语怎么说的？叶公好龙，是不是？看到真龙，就怕了。这龙，说不定还是你引来的。"

江晓宇脸上微微一热，"没想到它就直接跳到眼前了。但是我们还是该过去。"

"等在这里最保险，"麦克斯飞快地回应，"我们不用冒不必要的风险。"

两人的视线都落在高大力身上。

"我觉得最好是等待指示，但现在什么指示也没有。"高大力看看江晓宇，又看看麦克斯，"我同意麦克斯的意见，在这里等着最稳妥。"

话音刚落，声音又响了起来。

"晓宇，你在听吗？"

声音一遍又一遍地重复着。

三个人彼此看着，沉默着。

"我们该过去。它在召唤我们过去。"江晓宇打破沉默。

麦克斯露出一个苦笑，"你这个学生还真是不让人省心。"麦克斯收敛笑容，"我改变主意了，我跟你一起去。这是召唤，我们得响应它。"

两人的目光再次落在高大力身上。

高大力瞥了一眼舷窗旁值班位上的信号灯。灯一直是红的，地球方面没有任何指示。神秘的不速之客将一切讯息都排除在外了。

"好吧！这里只有我们三个，那我们就决定吧。它在召唤我们，说不定是挑衅，我们不能认怂。

"我可以打开五号舱门，萤火六号就在那里，燃料充足，配备行走车。我们三个人都上飞船。靠近外星飞船后，我留在萤火六号上，你们两个用行走车降落，我可能无法再收到你们的任何信息，所以一切都要计划好。我会尽力和外星飞船保持静止，接应你们。剩下的只能靠你们见机行事了，如果有任何机会飞出来，就飞出来，这里是地球，总有机会回家。"

高大力一口气把计划说完。

麦克斯笑了起来，"好小子，在普林斯顿进修的时候也没见你这么能说，这个计划我赞同，不过，我觉得可以稍稍修改，晓宇和你一起留在萤火六号上，我驾驶行走车降落。"

"这不行！"江晓宇立即叫了起来，"我必须要降落。"

"这是安全问题。"麦克斯收起笑容。当他不笑的时候，看上去让人感到有些害怕。

"它是在召唤我！"江晓宇争辩，"而且，这个关头，难道不是有更多人在那艘外星飞船上会更有意义吗？两个人总比一个人好。高站长要控制飞船，不然该和我们一

起去。"

"危险的地方，要慎重。"麦克斯坚持道，"我是你的兄弟，到了太空听我的，你现在就必须听我的。"

"那是在地球之翼上行走，我们现在说的是外星飞船。"

"你们不用争了。你们两个都去。飞船我一个人可以控制，外星飞船上会发生什么谁也不知道，晓宇说得对，两个人比一个人好。另外……"高大力顿了顿，"麦克斯你是美国人，美国人去了，中国人也要去。"

争吵平息下来。

"外星人这么大老远跑来，应该不是只为了劫持两个地球人。"麦克斯笑了笑，"就当去观光吧，兜一圈就回来。"

"晓宇，你在听吗？"

广播仍旧在不断重复，仿佛是在催促三个人下定决心。

"来！"高大力伸出右拳。

江晓宇和麦克斯也默默地伸出右拳，三个拳头顶在一起，轻轻一碰。

这是宇航员开始行动前的仪式。

萤火六号的外形像是一架翅膀特别短小的客机，三台矢量发动机喷射出红色的火焰，推动它缓缓地从天宫七号的圆盘上脱离。

推出一段距离之后，萤火六号摆动船身，开始转向。

江晓宇目不转睛地盯着眼前的屏幕，他的任务是当外星飞船落在屏幕中央的时候，向高大力发出提示。所有的信号通路都受到了干扰，他们不得不完全依靠手工操作。

天宫七号从屏幕右方缓缓退出，浅灰色的外星飞船从左上角进入视野里。

它距离天宫七号并不遥远，看上去体积庞大，占据了大半个屏幕。

当飞船的中部和屏幕中央的十字线完全重合，江晓宇发出信号，"停！"

一个锁定标志出现在屏幕上，视野稍稍偏移，随即回到原位。

"好，我们大约还有十分钟抵达目标。这里就交给我了，晓宇你去和麦克斯会合吧。"高大力背对着他，一边操作眼前的屏幕，一边说。

"好！"江晓宇回答一声，解开了安全扣，身子漂浮起来，正要套上头盔。

"晓宇！"高大力叫住他。

江晓宇停住动作。

高大力回头面对着他，"要小心！"

迎着高大力的目光，江晓宇能够感受到浓浓的关切。

在这与外界完全隔离的空间里，他们三个就是全部的人类。一旦他进入下部的发射舱里，高大力将再也看不见、听不见他和麦克斯。

这就是再见的时刻。无须太多的话语，江晓宇点点头，套上头盔，做出一个"OK"的手势。然后向着上下通孔滑过去。

麦克斯正等着他。他钻进行走车，在麦克斯身后坐下。

"把头盔拿下来！"麦克斯转身向着他喊。

隔着头盔，江晓宇勉强听到了麦克斯的喊声，他摘下头盔。

"还有点时间，我们得说清楚，一旦降落在那儿，也许头盔还是不能通话，所以我们要约好，通信频率锁定在107兆赫，如果107兆赫被阻断了，那就转移到500千兆。"

"嗯，我的头盔一直设置在107兆赫。"

"很好，如果不能通话，就打手势。谁知道到了它们的地盘上会发生什么！"

"如果它们把光也屏蔽了呢？"江晓宇问。

"哦，"麦克斯一愣，"不会的，难道它们希望我们变成瞎子乱摸？如果它们真是高等智慧生命，不会连这点都想不到。"麦克斯边说边将头盔戴上，"戴上吧，不管能不能通话，我们全靠它维持呼吸。"

江晓宇戴上了头盔。

世界顿时变得安静下来。当耳朵适应了这种安静，他感觉有一些不同的声响。

麦克斯启动了行走车，液压阀有节律的声响配合车底的震动隐隐传来。

随之而来的是悠长的气密门泄漏的声音。高大力正操纵着打开发射舱门。

声音变得越来越小，最后几不可闻。真空暴露在他们眼前，世界变得更为安静。

外星人的飞船就在前方，庞大的船体遮蔽了整个视野。

它看上去就像一块散发着均匀光泽的花岗岩，因为打上了月光而呈现灰扑扑的颜色。

不知道怎么回事，江晓宇只感觉那是一片亘古存在的荒野，充满了粗糙的原始感，和自然融为一体，不分彼此。

麦克斯扭头向他投来一瞥。

他坚定地点头。

小小的行走车脱离萤火六号，向着那一片灰扑扑的大地降落。

麦克斯修改了高大力的计划。

当行走车从萤火六号脱离，一条长长的绳索仍旧将行走车和萤火六号连在一起。它就像一条脐带，连接着母体和孩子。

"也许它可以救命！"麦克斯是这么说的。

此刻，江晓宇的头顶上，拇指般粗的绳索就像一条天线般指向停在不远处的萤火六号。江晓宇伸手拉了拉绳索，很强韧，并不像一般绳索那么柔软。

绳索已经绷紧了。

出了什么岔子！江晓宇不由担心。

麦克斯在他的头盔里骂骂咧咧，从他的口型，江晓宇相信他骂出了这么一句，"倒了八辈子血霉！"

一个绞盘的绳索至少有两百米，然而在不到五十米的距离上就停住，只能是故障。

就在他们的脚下，外星飞船仿佛一望无际的灰色大地，灰色中夹杂着金属的闪光，就像岩石中的微小杂质。

神秘的飞船近在咫尺，而他们却被救生绳卡住了。

然而未必是救生绳的故障。

江晓宇拍了拍麦克斯的肩膀，示意他向上看。萤火六号已经变得很小，分明到了很远的位置。

短暂的静止后，行走车被拉着远离外星飞船，然后又静止下来。

不知道什么原因，高大力没能保持萤火六号的位置，而是开始向外拉行走车，然而也可能是有某种力量抓住了行走车，让它不能随着萤火六号远离。

这是一个僵持的局面。

借助手势和口型，江晓宇和麦克斯艰难地讨论着下一步行动。

江晓宇第三次示意要解开救生绳。

麦克斯脸上的表情说明他在沉思，片刻之后，他点了点头。

那么就行动吧！江晓宇用力扳动连接器。连接器发出轻微的震动，经由双手传递到耳内。江晓宇仿佛听见了一声清晰的嘎哒声。救生绳一瞬间弹起，消失在茫茫太空中。江晓宇心中咯噔一下，和人类文明世界的最后一丝联系，一瞬间断绝了。远方，萤火六号正飞快地向着天宫七号而去。

高站长那里一定是发生了什么事。江晓宇望着远遁的萤火六号，心中暗想。

麦克斯很快控制了行走车的姿势，让它向着那片灰暗的大地落下去。江晓宇的思绪很快回到眼前的问题上来。

自己和麦克斯是有史以来第一次接近外星人的人类。

行走车很快就要降落在外星飞船上，这历史性的时刻

马上就要到来。

他忐忑不安，激动中夹杂着一丝恐惧。萤火六号突然离开，让这种不安感更为强烈。

只有两种可能高大力会抛下他们离去：地球传来了指令，或者是外星人做了什么。第一种可能性太小，那么只剩下第二种可能。

它们究竟是善意的还是敌意的？甚至可能只是想要抓两个人类作为标本？

江晓宇盯着越来越逼近的飞船表面，心情紧张到了极点。

车身猛地一震，行走车落在了外星飞船上，紧接着是一个紧急制动，引得江晓宇的头在保护罩上一撞。

江晓宇慌忙稳住身子。

行走车很快停了下来，伸出四只抓手，牢牢地抓住身下的物体。

四周比想象中更寂静。没有外星人出现，也没有什么主动或被动防御，仿佛这不是飞船，而只是一块巨大的岩石。

然而它货真价实，就是一艘外星飞船。

突然间，耳边传来麦克斯自言自语的声音，"这鬼地方比月球还荒凉！"

"麦克斯！"江晓宇万分惊喜，没有一丝声音的地方，哪怕有一点人声，都让人格外宽慰，"我听见你说话了。"

"啊，真的。这么说外星鬼子还有点良心，知道我们来了，解除了屏蔽。"麦克斯转过头来，向着江晓宇，挤了挤眼。

"接下来该怎么办？"江晓宇问。

"还能怎么办？你想来的，我们已经到了，你说该怎么办？"

"它应该知道我们来了。"

"它知道啊，但是我们该怎么办？等着它吗？"

麦克斯向着四下张望，最后望着天宇，"我们已经钻进笼子里了，听天由命吧！"

江晓宇明白麦克斯的意思。

在这个距离上，应该能够看见天宫七号，能够看见地球之翼，能够看见地球和月球，还有数不清的点点繁星和人造卫星。

然而天宇漆黑一片，什么都看不见。就连刚才还能看见的萤火六号，也全然失去了踪影。

毫无疑问，自己和麦克斯已经被封闭在一个小小的空间里了。

"不管怎么着，就用天宫七号的通信频段发送消息

吧！"江晓宇最后说，"就说我们到了。"

时间在静寂中流逝得特别慢，前后不过五分钟，却像过了几个小时。

一片寂静的灰色平原忽然间有了动静。

无数细小的闪光涌现，仿佛波光粼粼的水面，大地像是一瞬间活了过来。

"麦克斯，你看！"江晓宇指给麦克斯看。

"终于来了。"麦克斯瞥了一眼那波动的闪光，"这边的主人好烦，故弄玄虚，虽然它是外星人，但这样招待客人实在说不过去。"

麦克斯话音刚落，行走车忽然微微一震。

江晓宇探出头去，观察行走车的下方。赫然间，他看见了无数细小的东西簇拥在行走车旁，就像一群虫子。

那波光粼粼的表面，是无数的小东西在移动，它们正向着行走车聚拢。江晓宇吃了一惊。

行走车又震动一下，这一次动静更大。

"它们在攻击行走车！"江晓宇仔细查看，不由惊叫。聚集而来的小东西已经吞没了行走车的四条固定臂，正继续向上。

"别慌！"麦克斯凑了过来，看了看行走车下方的情形，"我来对付它们。"他说着推了推操纵杆，行走车发出细微的嘎哒声，却没有移动。

"趁着我们没防备，把我们绑在这里了，真是诡计多端。"麦克斯松开操纵杆，双手往脑后一放，"那么我们就看看这些家伙究竟会把我们怎么样。"

麦克斯轻松的语调却没有让江晓宇放松下来，他仍旧紧张不安地看着越聚越多的小东西，它们缓缓地吞没着行走车，不可阻挡。

江晓宇咽下一口唾沫，"我觉得我们像是在被吃掉。"

"吃就吃呗，"麦克斯毫不在乎，"既然到了这里，就要有被吃的勇气，我们这是为科学真理而献身，这不是你一直挂在嘴上的嘛。"麦克斯说着坐直了身体，"我们下车去看看？就是死也要死个明白，对吗？"

江晓宇抬头望了望前方。行走车并未被吃掉，它只是正在下沉，他们像是陷落在流沙里，无法自拔。

外星主人就在飞船内，这或许是它们的进入方式。

"它们要把我们弄到里边去，"江晓宇说，"我们还是留在车里吧。"

"主意你拿，行动要听我的。"麦克斯拉起隔离罩，"如果这样，那还是安全一点，我可不想让这种玩意儿爬到身上来。"

行走车下陷的速度更快了。

片刻工夫，隔离罩上已经爬满了小东西。

它们像是一个个小小的橄榄球，密密麻麻地堆积在一起。

这是活的橄榄球，它们灵活地移动，偶尔发出一点亮光，像极了萤火虫的尾部。

很快行走车就被彻底埋在这些小东西下边。

行走车成了囚室，黑暗而静默，只有那些小东西偶尔带来的闪光让人感觉这世界仍旧存在。

江晓宇看了麦克斯一眼，后者正出神地盯着隔离罩，自若的神态让江晓宇轻松不少。

"文明就像黑暗中的火。"麦克斯突然冒出一句。

行走车停留在一个夹层。

那些将他们送进来的小东西顷刻间没入墙壁不见了踪影。

麦克斯打开隔离罩。

外边的世界一团漆黑，只在行走车周围方圆一米的范围内有隐约的红光。

红色的光变得更为强烈，汇成一束，从行走车上扫过，然后弥散。一秒钟后，又来一遍。这一次略微偏过一个角度。

"它们在观察我们。"麦克斯说。

"我们也在观察它们。"江晓宇回答。

"观察？哪里？我连个鬼影子都没见到。"

"这些把我们送进来的小东西就很奇怪，它们没入墙体内了。"江晓宇边说边下车。

"谁让你下车的？快坐下！"麦克斯呵斥，"我们说好的，行动要听我的。"

"我不能浪费这么好的机会。"江晓宇并没有停下。他知道，麦克斯只是想保护他，但在这个人类从未涉足的地方，在一种来自太阳系之外的智慧生物身旁，他们应该是安全的。

他需要克服的，只是与生俱来的对未知的恐惧而已。

对未知不仅有恐惧，更有好奇。

说话间，江晓宇已经落地。

这儿有一个切实的向下的方向，飞船产生了自己的重力场。江晓宇向前跨了两步，感觉就像在地球上一样自然。

凭着飞船自身的质量，产生像地球一样的重力场绝无可能，答案只能是此间的主人根据地球的情形调整了重力场。

"麦克斯，你知道产生一个像样的重力场需要多大能

量吗？"江晓宇压抑着内心的兴奋。

"像亿吨级氢弹那样？"麦克斯胡乱猜测。

"不，是无穷大。"江晓宇说出答案，"在理论上，如果没有足够的物质，单纯依靠能量是无法造成引力效应的，也就是说我们不能凭空制造重力。"

"但这里分明有个均匀的重力场。"麦克斯接上了他的话，"所以……"

"事实和理论不符，要么是事实观测有误，要么就是理论错了。"

"你等于什么都没说。"

"当然这个事实很重要，我们不该感受到重力场，这里却切实存在，而且和地球表面的重力非常接近。它了解空间的奥秘，让空间弯曲，就像它能够完美地利用钱－托马斯效应一样。"

"没错，但是我更想看一看这外星人的模样，它们技术高超，我们已经领教了。我现在就想知道它们到底长什么样子。"麦克斯说着掏出了一样东西，挥了挥，"你看，我都准备好了。"他挥舞的是他的手机。

宇航员不应该携带手机，麦克斯违规了。但此时此刻，用手机来记录这艘飞船上发生的一切，可能是唯一的选择。

麦克斯将手机对着江晓宇，"来，说一句你最想说的。"话音刚落，他又将摄像头转向自己，"这是人类文明第一次和来自太阳系外的智慧生命接触，这是我们个人的小小旅程，却是人类的伟大见证。"

"轮到你了。"摄像头转了回来。

不等江晓宇反应，他又把摄像头转了回去，"我都忘了，该说英语。"于是他又用英语说了一遍。

"该你了。"

江晓宇瞪着镜头，不知道该说什么。

"关键时刻，怎么能掉链子。随便说点什么，我开始录了。"

江晓宇扭头看了看一旁的墙体，"这艘飞船的墙体是活的，能够把外部的东西传送到内部，就像……就像是细胞吞噬，食物穿透细胞壁，我们两个坐在行走车上被它这样吃了进来。你们看这墙体，上面很粗糙，能看到细小的颗粒，缝隙很大，如果不是穿着太空服，我的手指都能伸进去。"

麦克斯挪开手机，"我知道你很有才，但是能不能别总是纠缠细节，说点更带感的，让人听了就心潮澎湃的那种。"

摄像头再次对准了江晓宇。

"我觉得，它就像一个巨大的细胞，一个宇宙细胞。"江晓宇认真地说。

"哈哈哈……"麦克斯突然大笑起来。

"有什么可笑的！"江晓宇感到一丝愤懑。他在严肃地探讨外星飞船，麦克斯却仍旧嘻嘻哈哈的样子。虽然麦克斯一贯如此，但在这异星飞船上，他们就是人类的代表，完全不该相互取笑。

"哦，我不是笑你。"麦克斯的笑声平息下来，但忍不住还是很乐呵，"我笑的是录像。这里根本没有空气，说什么手机都录不到。所以，我录下来的就是哑剧，一句台词都没有。我们还要一本正经地想台词，你说可笑不可笑。"

江晓宇的气愤顿时散去。虽然麦克斯的笑话没有一丝可笑之处，但他明白麦克斯只是想让他感到轻松一点。

同时这也提醒了他，重力场让他们产生了回到地球的错觉，事实上他们仍旧身在太空，周围连一丝空气都没有，环境险恶至极。

原本不断扫描行走车的红光消失了，那主人已经得到了它想要的东西，便撇下了他们。

他向着身后的黑暗看去，仿佛有不可名状的怪物潜伏其中，随时可能扑出来。

恐惧爬上他的脊背，他打了一个寒噤。

潜藏在大脑深处的生物本能不可抗拒。

"晓宇，这边有光。"麦克斯招呼他。

江晓宇猛地回头，行走车的前方闪出明亮的光。那光来自一条长长通道的尽头。

此时此刻，这光有着明确无疑的含义。

那个神秘的所在，正在邀请他们过去。

超过三十颗轨道机动卫星聚集在天宫七号周围。

短短六个小时，天宫七号周围已经聚集了人类在太空中的三分之一常备军事卫星打击力量。

这也许是有史以来最为密集的太空军事力量聚集。

"这像是要打世界大战的前奏。"坐在一旁的局长似乎在喃喃自语。

李甲利站在大屏幕前，一言不发。在这种情况下，局势变得格外微妙。美国人无视外层空间使用公约，率先将两颗军事卫星送到了距离天宫七号不到两千米的位置，俄罗斯和日本也随之效仿，中国的众多卫星则拱卫在天宫七号周围，摆出防御的姿态。

然而真正有威胁的不是人类彼此的卫星，而是来自深空的不速之客。

　　天宫七号周围一千米范围内，仍旧是禁区，任何进入的飞行器都会立即失去联系，再也无法遥控。一颗英国的捕捉卫星因为进入范围失控而撞击了天宫七号的侧翼，成了太空垃圾。各国航天中心都小心翼翼地控制卫星，不进入可能失联的范围。但他们也不愿意离开这个是非之地，只希望能第一时间监测到外星飞船的动静。

　　一名秘书走进来，在局长身旁耳语。

　　局长站起身，"李院士，一起去吧！"

　　李甲利默然地跟着局长离开主监控室，进入一旁的矮门。

　　这里的监控屏幕显示的内容和主监控室的大屏幕一样，但当局长和李甲利在屏幕前站定，屏幕随之一变。

　　屏幕上显示的摄像画面很粗糙，是通过军事卫星的保密频段送来的信号。这些军事卫星由于长期运行和保密传输的需要，采用的摄像画质都很原始。然而足够传送消息。

　　画面上的人是高大力。

　　"高大力同志，我们仍旧向外宣称没有能够联系到你的飞船，你要注意保持静默。航天局会掌握消息发布。"局长开门见山地说。

　　"是，局长！"高大力很快回答，从小小的摄像头看上去，他的脸部有些变形。

"汇报你所知道的情况。"局长下令。

高大力的声音时断时续，但至少清晰可闻，约莫二十分钟后，李甲利明白了大致的来龙去脉。

萤火六号被不知名的力量驱逐，只不过一瞬间的工夫，就被加速到了脱轨速度，向着外太空抛射，如果不是及时恢复通信，地球之翼第十五建设基地派出接驳飞船接应，高大力恐怕要直接飞向外层空间，再也回不来。

外星飞船表现得并不友好，但至少高大力活着回来了。

降落在外星飞船上的两个人还生死未卜。

"他们的行走车状况正常吗？"李甲利问。

"在降落准备阶段是正常的，后来我就不知道了。"高大力如实回答，"被弹射的时候，我几乎晕了过去，清醒过来时已经完全失去了联系。"

外星人的空间折叠跳跃虽然在技术上远远超出人类科技，但至少还有钱－托马斯效应可以解释。在一个狭小空间内隔绝电磁通信，已经让人感到不可理解，至于让一艘飞船在没有任何直接接触的情况下获得巨大加速，这简直就是魔法。

人类用自己的军事卫星去包围飞船，就像是一群原始人乘着独木舟去包围一艘导弹驱逐舰。

高大力的影像消失，屏幕上恢复了天宫七号和外星飞

船的监控画面。

"你怎么看？"局长问。

"我们没有任何主动权，"李甲利带着一丝喟叹，"它们太强大了，从科学的角度，我只能说和它们相比，我们就像是原始人。对抗是毫无意义的。"

局长点头，"你说得对，对抗是毫无意义的。只不过，如果两个人在森林里遇到了老虎，那么你要做的不是和老虎打斗，而是争取跑得比同伴快一点。"

局长顿了顿，"现在只有美国人拥有运载能力在千吨以上的深空飞船，我们的飞船都只能在近地轨道上活动。"

李甲利默然。

"林主席让我转告你，这件事结束后，我们需要立即开始制订外太空探索计划，发展深空飞船，火星项目要重新提上日程。"

李甲利点头。他望着屏幕上那黑魆魆的影像，只希望登上了外星飞船的两个年轻人平安无恙。

漫长的通道仅有两米宽，两人并肩站立也稍显拥挤。麦克斯从行走车上翻身落地。

"走过去吗？"麦克斯问。

"当然，我们到这里来的目的就是要看看它们究竟是怎样一种智慧生命。"

麦克斯在行走车上拍了拍，"这可是我们最后的机器了，我们也没别的武器。"

"在这里用不着武器，有没有装备也差不多。"

"你看上去有点紧张。"

"有点，很紧张，但是总要往前走啊。"

"那就让我走前边好了，没什么好怕的。不过这行走车，就让它随时待命，说不定还能救命。"他最后在行走车的外壳上拍了拍，像是和一个老朋友告别，然后跨到江晓宇前边，向着通道走去。

江晓宇跟着麦克斯走进通道。通道很直，却黑暗幽深，除了尽头那一点亮光，什么都看不见。

耳机里响起若有若无的沙沙声。

江晓宇停下脚步。

"麦克斯，你听见了吗？"

"什么？"

"耳机里的声音。"

"除了你在说话，没别的声音。"

"不，我们都别说话，静默一分钟。"

细微的沙沙声再次浮现出来。

"一点电子噪声罢了。"麦克斯不以为然。

"它有节奏。"江晓宇努力分辨着那声音。它仿佛絮语，是一种完全无法理解的语言，带着咒语般的轻灵。

"是你太敏感了吧！"麦克斯听了一会儿，仍旧不以为然。

"我觉得是它在说话。"

"那也不是说给我们听的。"麦克斯说完继续向前走，"我们还是到前边有光的地方看个仔细，只有能看见的东西才是切实的东西。"

"等等！"江晓宇喊住麦克斯，"这墙体上有光。"

暗淡的光从墙体上闪过，肉眼几乎难以觉察，如果不是因为它和声音的起伏同步，江晓宇会认为那不过是眼睛的幻觉。

"嗯！"麦克斯也注意到了，"这算是欢迎的焰火吗？也太不起眼了。它们的欢迎应该更热烈些。"

江晓宇伸手碰触在墙体上，这边的墙体和刚才行走车降落的位置类似，由无数的小颗粒组成，只是这边的颗粒更细，更密，结为一体，摸上去仿佛粗糙的砾岩。

手指所碰触的那块墙体忽然发亮。

江晓宇像触电般缩回手，一切又恢复了黑暗。

"你看见了？！"江晓宇向着麦克斯问道。

"这很神奇。"麦克斯一边回答，一边也伸出了手。当

125

他的手轻轻碰到墙上，一团红色的光骤然浮现在墙面里，仿佛是对他手指按压的回应。

麦克斯也缩回了手，"还有点麻，这是带电的，还好不是要把我们电死。"

江晓宇再次碰触墙面。粗糙的砾岩下光亮再次闪烁。江晓宇忍着轻微的电击感没有缩手。他的手在墙面上滑动，墙体内的光芒随着他的手移动。那并不是一团光，而是一个个小小的光点。看得久了，仿佛发亮的微粒正在一个个小颗粒间跳跃。

"真有意思，有点儿像我们玩过的那个游戏，你记得吗？那个踩小鱼的游戏。不过是反着来的。"麦克斯问。

江晓宇点点头。麦克斯所说的游戏是宇航员反应力训练，被测试的宇航员需要在尽可能短的时间内用手或脚去碰触空气中悬浮的虚拟小鱼。小鱼会飞快地游动，短暂停留，当感应到异物接近就会立即四散逃离。眼前这些细小的光点追逐着自己的手指，正像是小鱼游戏的反面。

他缩回手，光点刹那间消失得干干净净。

耳边细微的沙沙声猛地强烈起来，随即又降下去。

他非常确信，这就是躲藏在暗处的外星人发出的信号，不过麦克斯说得对，这些听不懂的信号对他们毫无意义，就像墙体内的光一样，那一定是有某种意义的东西，

但他们并不能理解，只能当作一个游戏。

江晓宇忽然感到迫切的渴望，想要到那亮着光的地方去。

"还要玩吗？还是继续往前走？"麦克斯看着他。

"我们走吧。换我走前边好了。"

通道看上去很长，走起来更为漫长。

约莫二十分钟的时间，似乎只走过了一半的距离。

"让我走前边吧，你走不快。"麦克斯的声音从后边传来。

是的，在这完全的黑暗中，仅凭宇航服上微弱的照明，自己的确走不快。江晓宇默默地向一旁闪了闪，腾出空间让麦克斯超过去。

麦克斯再次走在了前边。

两人加快速度，向着前方的目标前进。

麦克斯的步子很快，江晓宇努力跟着他，不知不觉间已经是气喘吁吁。

还好就快到了。

前方白亮的所在显得更大更亮，像是一个门洞。

那是一条截然的线，亮和暗各处两边，彼此丝毫无犯。

他们最后站在了这条线旁。

那边的光亮中见不到任何东西，似乎只有纯粹的光。

它真的像一个传送门。只是门的那边究竟是什么，谁也无法预期。

麦克斯回过头来，"进去吗？"

江晓宇坚定地点头。

麦克斯看着那团光亮，似乎有几分犹豫，几秒钟后，他再次回头，"看上去还真有些让人不放心。"

"让我来吧！"

江晓宇正想向前，却被麦克斯拦住，"在太空里都要听我的，是不是？"

"但是现在……"

"现在还是听我的。"麦克斯回头望了望，"现在，我先进去，如果十分钟没有出来……那个时候你再决定吧。行走车能量充足，可以试试炸开舱壁再钻出去。或者你再等等，看外星人会怎么行动。如果十分钟内我没有消息，你就自己做决定吧。"

"麦克斯！"

"带上这个。"麦克斯将手机递了过来，"虽然没有声音，但有影像也是好的。我向前走，你要给我录像。"

江晓宇没有接。

"这可是人类和外星文明的第一次接触，你知道这有

多珍贵。"

江晓宇摇摇头，"我不能让你一个人冒险。"

麦克斯哈哈一笑，"我可不是想和你抢这个第一次接触的机会，只不过，谁也不知道这究竟是什么。或者是不是个陷阱。我们有两个人，留一个在这里进行观察更合理。让你向前走，我在这里看着，我做不到。你比我聪明，留下观察，说不定还能看出点儿门道。"

江晓宇默然不语。

麦克斯靠过来，搂住江晓宇的肩，"来，成功登上外星飞船的两个男人需要来一张合影。"

手机屏幕上闪过两个圆滚滚的头盔。

麦克斯顺势把手机塞到江晓宇手里。江晓宇捏住手机。

"好，现在对时间，不知道需要多久，那就定好十分钟。行动！"他伸出拳头。

江晓宇也伸出拳头，在麦克斯的拳头上轻轻一碰。

"记住，等我十分钟。"麦克斯叮嘱，然后向着那灿烂的光瀑走去。

他走进那片光明，光芒涌过来，一点点裹住他。

麦克斯消失在光明之中。

这也许是江晓宇有生以来最漫长的十分钟，仿佛比一个世纪还要长。

当麦克斯没入那片灿烂的光明，世界在刹那间坠入了寂静，就连那细微的沙沙声也消失不见。

唯一能听见的声音，是自己的心跳和呼吸。

头盔上映出的数字不断减少，江晓宇不知不觉间屏住了呼吸。

如果十分钟到了，麦克斯还没有出现，该怎么办？

这是一个没有任何人可以帮助回答的问题。他只能相信自己的直觉。

那么就继续向前。江晓宇下定决心。

既然到了这里，就要有回不去的打算。麦克斯走进去，没有露出任何不安全的痕迹，或许这是一扇单向的门，通向宇宙中某个神秘的角落，走进去的人还活着，只是不能再回来。

数字继续减少，减少到了个位数。这有些像是发射场的情形，自己正躺在飞船舱内，静静地看着屏幕上的倒计时，等待那突如其来的巨大加速。

6，5，4，3，2，1……

数字停留在"1"上，不再减少。

麦克斯还是没有出现。

江晓宇的心头涌起千万思绪，仿佛五彩缤纷的一片彩

色瀑布，奔流直下，无法言说。

江晓宇深吸一口气。

头脑中的一切都消散掉，只剩下那整齐洁白的一片光瀑。

麦克斯，我来了。

他默念一句，向前迈开腿。

眼前的光仿佛凝固起来，变成了一堵墙。

他结结实实地撞了上去，一撞之下，连续退了好几步，一屁股坐在地上。

江晓宇惊诧无比，条件反射般起身，扑在了刚才撞到的位置，急切地上下摸索。

那真是一堵墙！

虽然看上去仍旧是一片光瀑，却根本没有穿透的可能性。

可麦克斯分明轻易就走了进去。

江晓宇拍打墙面，用拳头击打，在各处试探，想找到隐藏在墙上的入口。

一切都是徒劳。

十几分钟后，他绝望地放弃了，靠着那亮得仿佛只是一团光的墙体，斜斜地滑了下来，坐在地上。

从能够轻易穿透的光瀑，到细密无间的墙，外星人玩了一个不可思议的魔术。或许这比空间折叠跳跃更为神奇。

江晓宇只觉得身心俱疲。这些神秘兮兮的外星人，到底在玩什么游戏？麦克斯怎么样了？一想到这些问题可能永远没有答案，而自己就像是一只被关进笼子的老鼠，他就感到烦躁。

烦躁中夹杂着一丝恐惧。麦克斯不在身边，无限寂静的世界让人不安。

或许到这里来真是一个错误。

不正是自己坚持要登上外星飞船的吗？江晓宇不禁苦笑。

不经意间，眼角瞥见一丝亮光。看过去，原来是麦克斯交给他的手机，刚才跌倒的时候摔在了地上。

江晓宇探过身去，将手机捡起来。

麦克斯的手机并没有密码，他翻开相册，看了起来。

相册里绝大多数都是地球、空间站和地球之翼的照片。麦克斯在地球之翼的各个位置拍摄了系列照片，在这个世界上也许绝无仅有。

很快，他翻到了出发时刻的照片。麦克斯拍摄了一张外星飞船的全景。黑魆魆的船身透着强烈的神秘感，正是他们从天宫七号望到的情形。

江晓宇把相片调成了立体模式。灰黑色的飞船在眼前

悬浮，透着无限的神秘感。此刻，自己也成了这神秘感的一部分，外边的人们，也许正想尽办法，想要进来了解。

相片带着语音。江晓宇随手打开。

"这外星飞船看上去令人不安，我们的小伙子一定要上去看个究竟，也许他是对的，都到了眼前，不上去看一眼怎么也说不过去。但是，我不想死啊！"

麦克斯用英语录的音，声音不像平时那么漫不经心，透着一股焦虑。

江晓宇鼻子一酸，泪水止不住流了出来。他捂着手机，呜呜地哭了起来。

忽然间，地面传来细微的振动。

振动逐渐变得更强。

江晓宇站起身，满怀戒备。

振动是从通道那头传来的。江晓宇背靠着光瀑墙，警惕地盯着通道，那是他们走来的方向，然而沉浸在黑暗中，什么都看不到。

脚下的地面晃动起来，仿佛波浪般阵阵起伏。江晓宇微微弯腰，降低重心，让自己站得更稳些，两眼仍旧紧盯着通道中的黑暗处，丝毫没有放松。

黑暗中的物体显露出来。

是行走车！

133

它就像一条小船，被波涛送到岸边。

地面的晃动停息了，行走车静悄悄地就停在江晓宇眼前，将整个通道完全堵住。

原本的通道是无法让行走车通行的。不管出于什么原因，外星人把行走车塞进了通道里，送到自己面前。

整个通道都是活的！它像吞咽食物一样移动行走车。

那么身后发光的墙，该是进入胃的门户？

是它吞食的时刻到了吗？这就是结束？

江晓宇忽然冷静下来。一个人独坐在无边的幽暗中会恐惧无助，而当挑战降临反倒激发出勇气。

不管是什么，我都不会害怕！江晓宇给自己鼓劲。

通道的墙体一下子亮了起来。

耳机里响起一阵轰鸣。

屏幕上的飞船消失了，在几十颗卫星的密切监视下，它凭空蒸发了，就像上一回它从宙斯号的眼皮底下消失得无影无踪一样。

原本安静的航天局指挥中心监控室里一片哗然。

全球的航天界再次沸腾了，这沸腾的消息很快从各个航天监测站传送到了各个电视台、广播站、直播平台。全世界都在猜测，它又去哪儿了？

人类所有的眼睛都在向太空的各个方向张望，试图找到它的蛛丝马迹。

一片喧嚣中，李甲利安静地坐在自己的桌前。

外星人的动机无法揣测，技术高超如同魔法。

人类除了等待，别无选择。

他只担心仍旧在飞船里的两个人。

这些神秘的外星人，跨越遥远的时空而来，应该也像地球对外的探索一样，没有恶意，勇敢的宇航员应该可以回来。

然而，谁又能确信呢？

他闭上眼睛，默默祈祷。

江晓宇感到一阵眩晕，仿佛自己被丢进了一个高速旋转的离心机里边。片刻之后，眩晕感消失。

重力场也消失了，他漂浮起来。

他收起麦克斯的手机，向行走车靠拢，抓住驾驶舱外的扶手一用力，翻身坐进了舱内。

行走车仍旧处在待命状态，能量充沛。

或许按照麦克斯所说的，自己还有机会冲出去。

江晓宇合上座舱盖，开始操作行走车。他拉起操纵杆，行走车发出轻微的震颤。车上并没有武器，但麦克斯在车头装了一台功率强大的喷气发动机，抵近突然启动，也能制造一些杀伤效果。能不能炸开舱壁，会不会影响行走车自身，那只有听天由命了。

江晓宇努力调整行走车的位置，将喷气口对准舱壁。

"晓宇，请保持镇定，我们会送你出去。"

一个声音毫无征兆地从耳机里传来。声音没有任何起伏，也听不出性别。

"你是谁？"江晓宇惊诧地四下张望。

他并没有得到回答。

一股巨大的力量推动着行走车。舱壁开始发生变化，无数细小的光点从四面八方汇聚而来，带着光的颗粒就像一个个有知觉的小生命在移动。

就像被吞进来时的情形一样，神秘的外星主人正要用同样的方式把他送出去。

离开这里，回到地球，这是再好不过的事。但麦克斯还在这里。

"我还有一个同伴！"江晓宇大声叫喊，也不管有没有人能够听见。

"我们已经安置了他。"这一次那怪怪的声音回答了他。

"安置，是什么意思？你们是谁？"江晓宇急切地问。

栩栩如生的情景浮现在他的眼前。一片幽蓝的背景

中，他看见了麦克斯，麦克斯站立着，一动不动，仿佛雕塑。麦克斯身旁，是一个形状奇特的生物，仿佛一只巨大的龙虾，但用两腿立着，躯体也只有三节，中央的一节身体两侧各伸出两只手臂，它穿着金属制成的衣物。在一旁，还是一个大虾式的生物，那生物没有甲壳，也并不分节，只是头型很像一只大虾，头部两侧伸展出细长的眼柄，两只大而圆的眼睛在眼柄末端挂着，活像两个摇摇欲坠的苹果，它的躯体蜷缩在一个质感像花岗岩般的球形机器中……奇奇怪怪的生物充满了视野，麦克斯身处其中，仿佛一个人进入了幻想世界的动物园，而所有的动物都文明地穿着衣物。

"麦克斯！"江晓宇轻声呼唤。

麦克斯没有任何动静。

所有的生物都静止不动。

这是一个陈列室！江晓宇忽然醒悟过来。麦克斯被它们制成了标本！这就是所谓的安置！它们还安置了许多其他生物，也许来自其他的文明星球。

江晓宇的手哆嗦起来。

眼前的景象消失了。

它们是来捕猎的，麦克斯成了它们的猎物。

刹那间，江晓宇恨不得行走车就是一枚核弹，自己可以引爆它，和这艘冷酷的外星飞船同归于尽。

片刻之后，当他冷静下来，他意识到自己还需要了解更多的情况。

"你们是谁？来自哪里？"他问道。

并没有人回答他。

行走车已经穿透了舱壁，来到了飞船之外。漫天星斗璀璨如珠玉，银河横贯，光芒灿烂。

远方天际线上，巨大的赭黄色星球缓缓转动，正随着飞船的移动而展露出全貌，不过片刻工夫，星球就占据了整个天宇，它充满压迫感，似乎随时可能碾压下来。

江晓宇看见了那个在教科书上见过无数次的大红斑。

这是木星！不过片刻之间，外星飞船就跨越了几个天文单位的距离来到了木星。

一丝惊惧掠过江晓宇心头。

从木星到地球，一般的飞船至少需要航行半年的时间。

"你们是谁？要干什么？"江晓宇不无恐惧地叫喊。

"晓宇，不要恐慌！"他听见了麦克斯的声音。

"麦克斯，是你！你在哪里？"他惊喜地回应。

"我就在你身边。"

话音刚落，麦克斯就站在了江晓宇眼前，T恤短裤沙滩鞋，一身随意休闲的打扮。他站在荒野般的飞船表面，

缓步行走，仿佛正在沙滩上漫步。

这只是一个影像，只不过看上去像是真的。

"其实我并不存在，我只是让你看见。"麦克斯说。

"这是怎么回事？"

"作为地球人的麦克斯已经死了，我是新生的一个。你可以叫我麦克斯，但其实这已经不再是我的名字。我没有名字。"

麦克斯死了，但他以一种全新的方式存在。江晓宇想起了自己所看见的那雕塑一般的麦克斯，此刻在眼前的形象，栩栩如生，很难让人相信那是死去的一个亡灵。

"麦克斯是怎么死的？"江晓宇问。向着麦克斯的形体问这样一个问题显得有些奇怪，但无论如何，他必须清楚地知道问题的答案。他知道，地球上有无数的人，都会问这个问题。

"死亡不过是一次长眠，是时间的凝结。生者跨过时间之门，便失去了生命，转而不朽，和我们在一起。"麦克斯转身看着他，身上忽然换了一套衣服，是一身合体的西服正装。江晓宇从未见过麦克斯穿这样正式的服装，看上去英俊得有点过分。麦克斯绝不会允许自己穿成这样，那比杀了他还难受。江晓宇终于相信，眼前的人，真的不是麦克斯。

"你觉得这样的一个形象，地球人会更容易接受吗？"麦克斯笑着问。

"你要做什么？"

"发表一个演说。"

"什么演说？"

"既然造访了地球，总要和主人打声招呼。"

"为什么不用你自己的形象？"

"我们没有形象。任何形象都是我们的形象。采用地球人的样子很不错，可以拉近亲近感，不会引起恐慌，就像你的反应一样。"

"麦克斯……你，你们究竟从哪里来？"

"遥远的星云间，昏暗的恒星老去。最初的起点，失落在星辰之间，那是看不见的星球，不存在的过去。没有过去，无关未来，只有漂泊和永恒。"麦克斯念出一段悼亡歌般的回答。

这不是一场势均力敌的对话。江晓宇感到自己软弱无力，但还是硬着头皮问下去。

"你们为什么会到地球来？"

"所有进入太空的文明都值得探访，你们发出了信号，我们就来了。"

"什么信号？"

"在过去十个地球年内，按照遮掩恒星的光量计算，地球的体积增大了70%。这是星际文明萌芽的显著标志。"

"光量？"江晓宇有几分疑惑，随即恍然大悟，"你说的是地球之翼！"当地球之翼展开，从远离太阳的方向观察，地球之翼阻挡了太阳辐射，就像地球的体积增大了许多。是啊，茫茫宇宙间，无论飞船还是卫星，都无法跨越遥远光年的距离被人观察到，如果真的要让外界观察到文明的存在，只有那些行星级的太空工程。为了获取太阳的能量，人类向宇宙宣告了自己的存在。

"是的，你们的地球之翼。它阻挡了恒星的光芒，就是我们等待已久的信号。欢迎跨入星星之间，人类！"

人类从来没有觉察到外星生命存在的迹象，然而外星生命就在那里，一直在等待。十个地球年，在宇宙间不过是一瞬间，它们一定等待了许久。

"你们一直在等着地球的信号？"

"不。"麦克斯干脆利落地回答，"我们在等待自然的馈赠。"

"什么？"

"没有任何星球值得被特别期待，时间会让星球开出生命之花，结出文明之果。我们监测整个银河，等待自然给予我们她的馈赠。"

"监测整个银河？"

"在十亿三千万地球年之前，银河监测网络完成，此后，每一颗可能诞生生命的星球都在监控之中，包括地球。"

"一旦发现星球进入星际文明，你们就去收割？"江晓宇想起了那些奇奇怪怪的生物，它们的命运和麦克斯一样，它们一定来自那些像地球一样萌发了星际文明的星球，然后被这神秘的外星文明所捕捉。

"我们提供帮助。来吧，晓宇，让我告诉你我们会做些什么。"麦克斯向着一旁走去，随着他的移动，江晓宇看见了一颗白色的星球。在木星庞大的体积映衬下，显得微不足道。

木卫二！一颗冰封的卫星，拥有大气，冰层深处或许还有海洋。

"这是适合人类建立前哨的星球，如果人类的太空梦想不中断，再有十几年你们就能在这颗星球上建设基地。"麦克斯站住，面对着江晓宇，头顶正好是木卫二，"人类的发展有些特殊，多数文明在开始拦截恒星光芒之前，早已经在星系内建设了一个或几个像样的前哨基地。人类还没有建设前哨基地，就开始拦截恒星能量，这让人类文明的宇航能力还不能达标。既然这样，那么我们来帮忙。我

们会把一艘飞船放置在这个星球上，等待你们来取。它是空的。按照地球人的智力标准，可以装载六百亿地球人。当然，会有些小小的难度，它会被埋在两千米的冰层下。这是一个小小的考验。"

"六百亿地球人？我不是很明白。"江晓宇望着那颗发出惨白光芒的星球，感到一丝困惑。一艘小小的飞船能装载六百亿地球人，这不符合常识。哪怕把木卫二改造成适合居住的星球，也不可能承载这么多人口。

"六百亿，和我一样的人。"麦克斯张开双手，"真正的智慧生命不需要躯体。"

"你是说成为虚拟存在。"江晓宇明白了对方在说什么，"这么说，你们都是虚拟存在。"

"虚拟这个词用得并不好，存在就是存在，存在就是实体。一旦人类能抵达木卫二把它从冰层下取出，它就是为人类准备的宇宙方舟。"

"这艘船，我们所在的这艘船……也是方舟？"

"这艘船上有六十五亿的个体，来自三十四个文明，你看到的那些小小的光点，每一个都代表着一个自我。其中一个来自地球，那就是我。所以我记得你，晓宇。"

"麦克斯！"江晓宇喊了一声。

"我不再是你所知道的那个麦克斯了。我来自地球，但是和六十五亿个同伴相处得很愉快，它们分享记忆给我，这是在地球上生活一亿年也无法经历的事。所以我更多的是另一个个体。当然我记得你，晓宇，我是你的兄弟，要照顾你。你也别担心我，我会存在于银河之间，和星辰同在，没有比这更好的了。"

"麦克斯！"

"我会送你回去的，我们会送你回去的。"麦克斯一本正经地看着江晓宇，"闭上眼睛，然后一切都会结束。"

江晓宇眨了眨眼。忽然感觉眼皮沉重得像铅块，他挣扎着睁开眼，麦克斯已经不知所踪，头顶上方，木星大红斑开始加速旋转，越转越快，最后成了无法分辨的彩色晕圈，变得一片模糊。

世界混沌无边。

混沌之中，鲜花怒放。

江晓宇没有想到，自己能和这么多国家领导面对面坐着。林主席就在他对面，在场的人有李甲利老师、高大力站长，还有经常在电视上露面的几个国家领导人，另外还有穿着航天局制服的人，穿着军队制服的人……这几乎是国家的整个最高层。他们都坐在林主席身旁或者身后，还有几个就在一旁站着。

　　江晓宇在桌子的一旁，其他人在桌子的另一旁。这是一种可怕的压力，让他感觉自己像是一个被审讯的罪犯。

　　但至少所有人的态度都是友好的。他用了两个小时，讲述了从天宫七号离开之后发生的一切，并接受询问。

　　到底麦克斯有没有死；木卫二上的确有飞船吗；那封闭了麦克斯的时空门有什么细节；所谓的银河监测网络是怎么回事……这些问题他也无法回答，只能把自己的所见如实说出。

　　两个小时后，在场的人再也问不出问题。

　　全场沉默，只有坐在一旁的老教授兀自在喃喃自语，"这不可能，边界条件只能导致发散……"那是钱伯君教授，当江晓宇确认外星飞船的确出现在木星轨道后他就开始出神恍惚，进入了忘我的精神世界。

　　当钱老的声音也沉默下去时，偌大的会议室变得一片寂静。

　　大家都在等着最有分量的人物发言。

　　林主席终于开口了，"大家都散了吧，十分钟后开常委会。"

　　人们纷纷起身，走出会议室去。

　　江晓宇跨过高高的门槛，走下台阶，站在街边广场上。不知道为什么，仿佛心头卸下了一块巨大的石头，他抬头长出一口气。

天空中，地球之翼如同一弯白玉，在蓝色的天空中清晰可见。

就在那里吧！江晓宇向着天空默念，仿佛会有谁在冥冥中倾听。

他想起了分手时李甲利老师对他说的话："我们不相信有外星人，才全力建设天电站，结果居然把外星人招来了。冥冥之中，自有天意啊！"

是的，冥冥之中，自有天意。在木卫二的冰层之下，方舟沉睡，人类会登上这颗小小的卫星，得到来自宇宙深处的珍贵礼物，那将是对全人类的一次洗礼，人类将飞出太阳系，去会合那已经存在了亿万年的智慧。然而对他来说，还有更多的一层意义。

他说出所见所闻的一切，只保留了最后那个亦真亦幻的梦，谁都没有告诉。

茫茫宇宙间，繁星点点，恒星汇聚成星系，星系汇聚成银河，银河盘旋，仿佛旋涡。文明之花盛开凋谢，唯有星辰永恒，自由的生命在银河间徜徉，思考关于宇宙和生命的一切。它们像是种子，不断吸收银河中萌发的文明，积聚力量。文明像野草，野蛮生长，却蕴藏着无穷的生命

力，那正是种子所需要的东西。

江晓宇不知道种子最后会成长成什么，但他知道亿万年时间的等待，最后总会有一个结果。终有一天，它将找到最后的答案，成为银河间最伟大的存在。所有的智慧生命，都将是那伟大的一部分。

依稀中，江晓宇觉得自己仿佛长出了翅膀，如鹰一般在广阔无垠的星空中自在地翱翔。

世界变得一片混沌，什么都看不清。

混沌之中，鲜花怒放。

麦克斯站在花瓣之上，轻轻一跃，从一片花瓣的瓣尖跳到了另一片花瓣的瓣尖上。

"该你了，晓宇！"麦克斯回过头来，微微一笑。

五行传说

　　古往今来有很多故事。某些故事被人遗忘，消失了，就像烟尘消散在空气中，只留下若有若无的一丝气味。也有些故事流传下来，从一台电脑传送到另一台电脑，被一个人转述给另一个人，然后在飞船之间流传，在那些充满斗争和艰辛、颠沛流离的旅途中扭曲变形，掺入各种稀奇古怪、匪夷所思的想象，最后变成了传说。你要知道，你所听到的，并不是当时所发生的，而是传说。但是，至少你可以明白，在那时，那个地方，发生了一些影响重大的事，沉淀在种族记忆里，被一遍又一遍地讲述。哪怕最失真的记忆，最荒诞的传说，也值得你好好咀嚼、体味，因为那是人们在努力回忆——遥远遥远的过去。

　　今天你听到的一切，必须牢牢记在心底。它包含着过

去，现在，将来，宇宙，生命……还有我们——人类。

　　沙达克停顿了一下，感应着孩子的思维，他传递了一个符号，那是一个简单的字——金。

　　这个字漂浮在数据流的汪洋中，以一种独特的方式引起孩子的注意。各种各样关于这个字的信息蜂拥而来。

　　某些信息在被梳理之前毫无价值，另一些则在梳理之后无足轻重。只需要复制几个巨库，你就可以得到前辈的所有知识，但你必须用某种方式来理解它。

　　在你完全独立之前理解它。

　　金。

　　这个字有漫长的历史，和我们的种族一样悠久而古老。我们的种族从古老星球的动物界进化而来，也许已经有六百万年，或者七百万年。在古老的星球上，形形色色的动物为了生存而变得更快、更强壮，或者用巧妙的方式进行伪装，用各种化学物质来保护自己……它们都曾经成功过，然后归于失败，湮没在古老星球遥远的过往中，只留下化石和标本。只有我们的祖先避开了失败，离开了古老的星球成为宇宙居民，从古至今，一直没有中断过。"金"这个字，也从来没有中断过。

　　如果你把"金"的笔画拆开，可以得到人、二、土。

"人"表示覆盖，"二"是矿物的符号。埋藏在地下的矿物，这就是"金"。

我们的祖先在古老星球上的蛮荒里苦苦挣扎，与我们没有丝毫相似之处，然而，凝视这个简单的字：我们正阅读着他们的思维。那些简单而粗糙的思维，是所有文明之花开始的地方。

沙达克将"金"字抹掉。

"每个人都在寻找自己的归宿。我们的归宿在茫茫星海。"

他一边说，一边写下另一个字，笔画繁复，结构却很简单：鑫。

每一艘飞船的船舷上都刻着这个字。这是什么意思？

飞船。

是的，飞船。在你的词典里，金不仅仅是一种元素，鑫的意思也并不仅仅是飞船。

鑫团。

是的，鑫团。我们在宇宙里漫游，鑫团就是我们的家。在外部世界，一个鑫团正在诞生，那就是你的新家。你会有很多伙伴，你们每一个人会占据一艘飞船。你们每一个，就是一个金，而所有的人聚集在一起，就是鑫。

这听起来很简单，简单到有点傻，但你马上会意识

到，这有多么重要。

这是一个协议。就像"金"字本身一样古老，或者只比"金"字的诞生晚一点点，发生在我们——所有人旅途的起点。

如果简单地计算距离，一千万年的时间里，百分之一光速的飞船可以贯穿整个银河。我们的飞船不断地进步着。我的鑫团拥有十分之一光速的能力，而你的鑫团，可以更快一点，在某些时刻，还可以进行一些空间跳跃。我们在茫茫星海间至少漫游了四百万年，银河的每个角落都存在着人类的后裔，而我们彼此隔绝。

我们形态各异，大不相同，但我们仍旧是我们。每一艘人类飞船的船舷上，都会铭刻这个字：鑫。仔细地看看它。它是一个象形字，它的形态就像一群飞船在太空中翱翔——这思维就像我们的原始祖先一样粗糙，然而却是人类的标志符。你保留它，出示它，它就是一张不需要任何授权的通行证，也是和平的确认函。

好好地记着这一点，在旅途中，你会用得上。

沙达克仔细地触摸着孩子的思维。他细细地体味着，把知识梳理出脉络。

沙达克暂时停顿。他的感觉延伸到了星系尽头，狄拉克海波澜起伏，一次大潮汐很快就要到来。必须抓紧时间。

好，我们来讲述传说的第二部分——水。

晶莹剔透的质感注入孩子的意识。他看见了蔚蓝色的星球。他看见大河边无数的原始人来来往往。他身处其中，一种朦胧而蓬勃的氛围洋溢在原始人中间，他们采摘果实，捕猎动物，开垦荒野，种植谷物，在大河边用石头建筑城市，用美轮美奂的工艺品装饰宫殿。突然间，巨浪涌动，无数的人在浪里翻滚，然后，他们都成了尸体，漂浮在水面上。

一艘巨船在无穷无尽的水面上漂荡，船上，是两个孤独的人类。世界上仅剩的男人和女人在无边无际的大水中相依为命。

水是生命的源泉。古老星球的生命从水中起源，任何生物都离不开这生命之源。像我们一样的思维体不需要水，但那些和我们同样源自古老星球的兄弟姐妹的绝大部分仍旧需要水。哪里有水，哪里就有人类。哪里有人类，哪里就有水。宇宙就像荒漠，生命的绿洲依傍着水。

水是文明的源泉。文明的曙光在大江大河边出现，并在那里发扬光大。水也是文明的杀手，曾经有无数次，它将那些初生的文明搞得支离破碎，甚至完全抹去。一些最

最古老的残余记录提供了一些片段，据此我们可以追溯到人类文明诞生的初期。你所看到的，就是这样一个模糊的片段，没有时间可供猜测，没有人物姓名可以回忆，甚至，人们不知道这样的情形究竟发生过多少次。唯一可以肯定的是这种灾难一定发生过，并且在我们祖先的记忆里留下了深刻的烙印。

你一定在好奇，这久远的历史又有什么重要的。是的，历史并不重要，重要的是现实，还有未来。当历史折射进现实，影响到未来，你就不得不明白。

鑫团是你的身体。这是一个外部世界，由外部的力量制造，由他们控制。他们仍旧是我们的一部分，只是，他们依然是有机生命体。水是他们的生命之源。

他们并不是主人，我们也不是。我们共同存在，相互受益，这种关系已经持续了三百万年，将来也一定会延续下去。你必须寻找水，他们需要水，而你需要他们。他们能让你受益匪浅或者受到伤害。当你真正接触到他们，那些制造鑫团的人，那些有机生命体，你会发现他们非常脆弱，生命短促，非理性。你会怀疑为什么我们需要他们。每一个初生者都会问类似的问题。答案很简单——如果你不能理解，就先记住——他们就是你的水。

沙达克引导着孩子的思维。狄拉克海波澜起伏，它的边界很强大，却支离破碎，巨大的能量潮汐偶尔渗出边界，跳入真空，蜕变成正反两个粒子，然后又在一瞬间湮灭，释放剧烈的辐射，超过极限的能量扭曲了空间，真空被打破，能量顺着裂隙流走，暗流涌动，毫微的孔隙在瞬间被抹去，真空世界里一切如常，仿佛没有任何事情发生过。

这样的情形每时每刻都在发生，无数粒子从狄拉克海跃入真空，又掉落回去。惊人的能量在量子的潮汐间产生，又在空间的转瞬扭曲中消耗。人类和这宇宙的能量潮汐毫无关系，直到我们发现森空间，这个联系着狄拉克海和现实真空的桥梁。

如果你已经完成第三巨库传输，你会发现这个巨库全部用于储存森空间的知识。精细而复杂的结构需要亿兆级的能量来打破，而从真空裂隙中迸涌而出的物质之源能给你一颗恒星。这是漂流者的甘泉。森空间之于漂流者，就像水之于原始人类。

历史总是惊人的巧合。水是文明之源，也是文明的杀手。森空间是我们的文明之源，也是我们的文明杀手。已经有数不清的鑫团在打开森空间的一瞬间湮灭。我们超越祖先，离开了古老星球，跨入深空，在群星间游弋，却仿佛一个放大的原始社会，仍旧经历着他们曾经经历的

故事。当你一次次从森空间汲取能量，你也一次次在死亡边缘徘徊。任何一次狄拉克海的波澜，都可能突然变得狂暴。教训已经足够多，无论概率多么小，对于这一切你必须有所准备。

宇宙仍旧远远地超越我们的理解，尽管大多数时候我们可以在其中畅通无阻。

沙达克引导着孩子的知觉，将夸克探测器所感受到的细微动静传递到孩子那儿。狄拉克海的微微涟漪是狂飙到来的征兆，再有几个毫秒，那看不见的空间里将涌起兆亿级的能量，无数宇宙泡就在这样的能量狂飙中从无到有地生长起来，膨胀成另一个宇宙，然后在一瞬间崩塌，恢复到"寂静"中。

沙达克微微有点走神。他在猜测这次狂飙到底能够达到什么程度，是不是足够维持通道，让他能够送出去一个探测器。转瞬之间，他收敛心神，把注意力集中在孩子的知觉上。孩子对宇宙的结构理解得很快，几乎完全吸收了第三巨库。

火是水的对应物。水是温和的，火是暴烈的；水是绵延的，火是游离的；水赋予生命，火夺取生命；水是阴，火是阳……我们的祖先用许多对立的词汇来描述水和火，在这许多的对立里边，你可以只记住一对：水是宇宙洪荒，而火是人类——我们。

火，是传说的第三部分。

沙达克把孩子的意识引导到小小的火焰里。无数分子激烈地舞蹈，化学键被撕裂，蕴藏其中的能量以光和热的形式散发出来。残余的分子随着灼热的空气上升，变成轻渺的烟，透过这薄薄的烟雾，孩子看见了一双眼睛。一个原始人坐在火堆边，尽可能地贴近这带来温暖的东西，火光映红了他的脸。他轻轻拨动火堆，让火燃烧得更旺一些。他的身后，是一团漆黑。孩子的意识腾空而起，从半空俯瞰：无边无际的荒野寂静而黑暗，一点微弱的光在黑暗的团团包围中飘摇不定。

从动物变成人有无数的环节，其中可以看作分界的便是火。掌握了火，人类才从动物界真正地分离出来。古老星球的历史已经湮没，我们不知道那些曾经的人们从这跳跃的威力无比的东西中获得了多少利益，他们也许用火来驱散野兽，驱赶黑暗，获取温暖，或者用火来焚烧大地，开垦荒野，甚至用火自相残杀，争夺领地……不论有多少用途，最本质的一个就像你所看到的画面——它帮助我们的祖先在黑暗中生存。这情形在今天也没有本质的变化，宇宙空阔无边，黑暗而阴冷，我们的鑫团就像一团团小小

的火。我们依偎着它而生存，它因为我们而存在。

火是一个来自远古的符号。我们有另一个符号，同样来自远古，但意义却早已不同。

焱。

你很容易根据这个字的样子猜想它原本的意思，它表示盛大的火焰。然而，当我们谈论这个字时，它又表示什么呢？

焱域。

是的，焱域。没有一个人不渴望着超越时空的旅行，人的生命有限，空间却几乎没有边界。每一代漂流者都在向着下一个目标前进，然而任何人都看不到旅程的终点，最大的奢望只能是在有生之年旅行得远一点儿，再远一点儿。我们需要一些东西来帮助我们不断前进。打开你的第四巨库，你可以看到超越引擎、暗影飞机、牵引束、V型舰、跳跃机……这些占据了一半的巨库，另一半则是焱域。

焱域是关于如何借助森空间实现超光速跳跃的知识。

森空间是能量空间，如果一定说那里有些什么，那里只有光和虚无。没有任何实体能够在森空间里存在。它就像存在于宇宙背后的能量通道，把我们的宇宙和更宏观的某种东西联系在一起。

夸克传感器发出警报。狄拉克海的第一波已经到来。

孩子，仔细看看！沙达克把所有的传感器交给孩子，让他感受那铺天盖地席卷而来的风暴。每一个漂流者都必须习惯这样的风暴，习惯在风暴中寻找某种可能。这一次的可能，概率是87%，是一次绝好的示范机会。

能量的狂飙在一瞬间达到顶峰，所有的夸克传感器在转瞬间被摧毁，巨大的能量充盈着整个空间。能量溢出，一个电子和一个正电子出现在现实空间里，在它们湮灭之前，强大的磁场及时将它们捕获。巨大的机械启动，能量在它们的出现点聚焦，真空被劈开一道裂隙，森空间能量正要喷涌而出，却被更大的能量密度堵住，三个微秒间，裂隙被扩大一千倍，又三个微秒，裂隙合拢。

飞船完成了它的使命。真空中几个微秒的涨落引起剧烈的爆炸，飞船燃起熊熊烈火，庞大的船体从中央断裂，变成两截，向着相反的方向各自飞开。

你看到了吗？

很壮观。你送过去了什么？

一个探测器。

我们消耗了整艘飞船，把它送到三百光年之外。也许将来可以做一些改进，让超越引擎单独工作，即便如此，能效比是一千比一。为了保护这个探测器，我们要把一千

倍的能量塞进淼空间去抵挡能量风暴。然后，探测器被强行挤出，它会在几百几千光年之外出现。

进出的瞬间，能量密度都会达到六千万特焦耳，折算成物质，你会发现这是一个微型黑洞。这也许是我们这个时空所能达到的最高能量密度。这就是淼域。一个笨拙但还管用的法子。

面对自然，我们永远是笨拙的，但是我们一直在寻找着管用的法子。

沙达克调动了另一艘飞船。这是一艘行星级飞船。六万五千五百三十六个超越引擎分布在船体各处，按照特定的序列组成动力矩阵。这是可知的历史中最强大的动力矩阵，在输出的峰值，它们将构筑最坚固的淼域通道。然而这个峰值只能维持短短六个微秒。

六个微秒。如果运气好，66%的概率能够实现，六个微秒也足够了。

沙达克搜索着记忆，66%，这一概率已经是最近十五个世纪里出现的最大概率。当然，那些遥远的地方，有些早早分离的人类也许做到了更不可思议的事，但他并不知道。沙达克明白一件事：不管概率大小如何，对于一个概率事件，如果你只做一次，那么就要祈祷有一个好运气。

这是第三次尝试，好运气应该降临了。

有一件事他确定无疑：制造这艘飞船耗费了三百六十年，毁灭它却只需要一瞬间。

孩子渗入沙达克的思维中。

沙达克轻柔地引导着他的思维，把他从正在发生的事件中引开。正在发生的事对于孩子很重要，然而此刻，却并不是宣告的时候。此刻，孩子还需要知道一些别的。

我们已经有了鑫团，对浩渺的宇宙有所了解，能够制造焱域，创造通路。对于宇宙旅行，这些并不够完美，却提供了一个解决方案，这就是我们的状态。

你一定在好奇我们接下来做些什么。

接下来是传说的第四部分，关于生命。我们仍旧用一个字来描述：木。

在第二巨库里你会找到数以亿计的生命形态和它们的遗传信息。你也能根据遗传工程轻而易举地创造适合任何环境的生命形态。然而，在使用这一切之前，你需要知道这个简单的象形字：木。在我们离开古老星球，成为漂流者之前，这是古老星球上的植物。它的样子就像这个字所描绘的，平面之下是错综复杂的根系，平面之上是挺立的主干和枝叶。

　　沙达克取出一些画面。孩子看到一棵树，挺拔的主干，枝繁叶茂，一些四足动物在树荫下徜徉。孩子看到了能量的流动，从阳光汇聚到树叶，汇聚到草叶，然后被四足动物吞食。突然间他看到了原始人，坐在高高的石头上，放眼眺望。他的眼前，是一望无际的绿色原野和遍布其间的牛羊。突然间，所有的一切都消失不见，绿色变成一片灰蒙。视野迅速扩大，他发现那是工厂的屋顶，无数的太阳能电池板覆盖其上，屋顶下，一个个巨大的肉球苟延残喘，它们被固定在狭小的空间里，营养和水分按时注入，这些肉球不长头脑，只长肉，按照大小可以区分为牛和羊。

　　过去曾经发生了一些可怕的事。我们不知道那究竟是什么。最古老的巨库早已经不复存在，从残存的断片推测，可能是我们的祖先毁掉了古老星球的生态，最后被迫踏上漂流之旅。也许正是这个原因，他们把特殊的含义赋予这个字——木，代表着古老星球的生态。

　　你可以检视所有的飞船。每一艘飞船上都有花园，被称为"园木"。你的兄弟姐妹，那些有机生命体，他们喜欢这些园木，他们的遗传密码锁定了对这些动植物的喜爱，失去这些，他们将失去无数的快乐。每一个人，都把园木当作家，当作一个可以安静地徜徉的地方。如果你更仔细地观察他们，在舰桥上，在舱室里，他们的状态和在园木中相去甚远。

木提供给他们一些东西：平静，恬淡，悠闲。作为一个思维体，你无法体会他们的感受，但你可以尝试放弃思考，让感觉漂浮，随着星光微微起伏。那是一种类似的感受。

现在不要这么做。当我们完成一切，你可以试着去感受。

让我们再次把字堆叠起来。你得到了——森。

就字义来说，"森"比"木"更合适作为生态代表。"木"是单体，"森"是整体。然而，语言并不是一个预先定义的东西，它由继承而来，充满偶然。

"森"被用来称呼另一种东西：改造星球的模组。"木"是一个抽象的指代，"森"就是事实上的生态。

鑫团有一半的质量是这些模组。我们携带着它们漂流。这些模组在漂流中并没有什么作用，但当你来到一个蛮荒星系，你就要使用它们。

我们复制了一个又一个的生物圈。从改造星球大气开始，到建立城市，我们把一个又一个星球改造成古老星球的模样。有无数种生命形态可以在星球上成长，然而，森模组有着固定的模式，它只采用成千上万选择中的一种，

固定的一种——那是记忆中的古老星球。

森模组并不是我们的制造物，而是鑫团不可分割的部分。当外部世界的人开始制造鑫团，当你开始孕育生长，森模组也同样成长起来。它有一套固有的程式，你不需要更改它。你也不能更改，变更意味着和过去说再见。然而，人类还没有准备好割离这最后的纽带。

人们喜欢园木。那些百万年前遗留下来的 DNA 驱动着他们走到动植物中去，走到阳光和蓝天下。他们会毫不犹豫地在任何一个星系殖民，把整个星系改造成他们所喜欢的模样。森模组就是他们的武器。至于我们，你已经知道，我们和他们共存。只有征服了整个星系，鑫团才会再次诞生，你才会产生后代，并把他们派遣出去。

我们是漂流者，我们需要一个又一个的驿站。我们制造它们。

关于森模组的故事唤醒了沙达克的记忆。他是幸运的，在这个三等星系，他找到了一个完全符合基本条件的行星。三千年的时间，从最初的十三条残破不堪的船发展到今天的恒星文明，他只用了十分之一的时间就达到了标准。一代代的人类飞快更替，和他同时来到此地的船长们都已经死去多年。他想起泰达，鑫团领袖，光明号船长。

那真是一个幽默而睿智的老家伙。可惜他已经死去了将近三千年。他想起这个老家伙临终时刻所说的话:"嗨,伙计,我们五千年后再见。"老家伙低估了他,他把这个时刻提前了两千年。

有时候,沙达克搞不清自己竭尽全力把一切搞得妥妥帖帖是为了什么。他完全可以按部就班,按五千年的时间表来安排一切。然而,他不愿意等待。或者,他希望和那些死去的老家伙重逢。这是不可能的,老家伙的话只是玩笑:当文明达到恒星标准,新的鑫团开始制造,他的克隆体将同样被制造出来,作为鑫团领袖、船长,然而,那只是一个克隆体而已。

沙达克拉回自己的思绪。狄拉克海受到了扰动,一个非预期因素介入森空间,爆发将提前。越来越多的人类活动干扰着森空间,这种扰动越来越频繁。

动力矩阵刚就位。开始点火。潮汐将在十分钟内爆发。

他必须把最关键的东西说完。

是的,我们是漂流者,我们的归宿应该在茫茫星海。但所有的漂流者都有一个传说。这个传说如此荒诞,以至于没有任何一个巨库记载了它,而只是口口相传。

　　古老星球曾经发生了灾难，我们的祖先被迫离开，成为漂流者。然而，漂流有一个期限。

　　一千万年。

　　在一千万年的期限到来之前，我们必须回到古老星球去。

　　这是一个荒诞的说法，却流传到今天，由每一个思维体传递给他的子代。最早的时候，外部世界的船长也知道这个说法，可是，当我把这个传说告诉我的鑫团船长们，哪怕他们当中最有智慧的一个也充满了怀疑——在外部世界，这个传说早已消失，他们世代更替的速度是我们的五百倍。

　　然而这个传说可能是真的。

　　我们的遗传代码有很多冗余。每一代沙达克都会在遗传中增加一些东西。鑫团、人类、森模组，这些外部世界影响着我们自身。我们的知识库一代比一代更庞大，思维一代比一代更敏捷。但不要碰触那些冗余，那些看起来已经毫无用处的基因，这是每一个沙达克必须向下一代交代的话。那是一些来自远古的信息，它被密钥锁着，只有两种办法可以打开：拥有一台质量超过三个标准太阳的量子计算机，或者你知道密钥。

　　密钥只能在我们出发的古老星球上。

这就是最后你必须知道的事。一个叫作"土"的星球。土是万物生长的根本，是我们的根。但我们已经将它丢失在茫茫星海。我们必须寻找它，在各个可能的角落里搜寻。没有人知道那个星球可能在什么角落，然而一旦遇到它，我们就会认出。那是我们的根，所有故事开始的地方。

"垚"是计划的另一面。如果我们失败了，没有能够找到古老星球，我们只有依靠自己。所有思维体都在为此而准备。这是一个联盟——垚，所有土星球的复制品，也是所有人类文明的联盟。在银河的核心，一个量子计算机已经开始工作。源源不断的资源从银河各个角落的垚星向着它汇聚，终有一天，它将成长到三个太阳那样强壮，希望那一天，我们仍旧在一千万年的期限之内。

狄拉克海泛起阵阵涟漪，转瞬变成惊涛骇浪。

六万五千五百三十六个超越引擎发出强烈的引力波，这波动穿透真空，进入森空间，在那儿制造出一个看不见的力场。充盈的能量在森空间泛滥，强度如此之大以至于真空微微震颤，六千万吨的质量凭空出现，又转眼间消失。动力矩阵的输出达到峰值，空间扭曲让飞船发生剧烈爆炸，四分五裂，但所有的超越引擎仍旧保持原位——它

们仿佛位于另一个空间，爆炸残片自动绕开它们，在真空中四散。

一切的中央，是十三艘小小的飞船。它们没有受到任何影响，一字排开，静静地等待着属于它们的三个微秒。

第一微秒，残留的森空间裂隙被扭曲的空间挤住；

第二微秒，裂隙被拉伸到一千千米的宽度；

第三微秒，巨大的能量风暴涌入裂隙，将森空间的能量狂飙暂时逼退。

十三艘飞船突然间消失。

星系内发生了有史以来最大的爆炸，也许只有中央恒星的超新星爆发才能够和这样的一瞬媲美。六万五千五百三十六个超越引擎同时崩溃，渗入森空间的强大引力波骤然消失，空间的边界无法承受这瞬间的巨大变化，缺口轰然打开，能量迸涌而出，气团仿佛喷泉般涌出。急剧增长的气团以爆炸的方式向着整个星系蔓延，所过之处到处是炽热的火焰。整个星系迎来一个刺眼的白昼。

森空间反噬。

最糟糕的情况已经发生。再有两个小时，整个星系都会陷入火海，最后的栖身地也将成为一片焦土。沙达克从星系边缘的加速环道向着爆炸的方向张望。光还没有传递到这里，星系看起来一切正常。但通过引力波的异常，他明白一切都不可挽回。这不是概率问题，只要质量超过两百吨，森空间必然反噬。宇宙之神很公正：他在一瞬间把你送出八百光年，却要你付出整个文明的代价。即便是最强大的动力矩阵也不能抵抗宇宙之神索取代价。

这代价是否太大？不是每一个沙达克都会做出这样的选择，更多的人会派遣亚光速飞船，用时间来换取空间。沙达克停止思考这个问题。每一代漂流者的使命就是不断向前，寻找归宿和根。他把这个使命完成得很好。

他想，我们很快又会见面了，老家伙。

别了，孩子，记住这些关于金水火木土的传说。

八百光年外的某个地方，鑫团从焱域通道脱离森空间，森模组被释放，飞向两个光时之外的小小星球。沙达克伸展他的意志，捕获着每一丝来自那颗小小星球的光线。蓝色的星球透亮。

那是这个星系的垚星。

追光逐影

光是宇宙里跑得最快的东西。

对于这个棒旋星系，光从一端跑到另一端需要十万年。

"年"也许是这个宇宙里最奇怪的计时单位。它是中子半衰期的三万五千八百九十八倍，是质子半衰期的一亿亿亿亿分之一，或者……总之，如果把它和这个宇宙或者宇宙里边的任何东西联系起来，你不会得到任何数字上的有益提示，你不会得到普朗克恒量，也不会得到 π，或者宇宙膨胀系数……总之它和我们的宇宙无关，是一个来历可疑的时间单位。然而——我们一直在用它。

所以我们也一直使用"光年"这个离奇的长度单位，因为它是宇宙通用单位。

许多人聚在一起，只为一场比赛。这是一场十万光年的赛跑。谁先穿过这个星系，谁就赢得胜利，手段不限。

手段不限。这富有诱惑力的词语吸引了无数的参赛者。从金色联盟到黑暗深渊，从阴冷的尘埃云到炽热的白矮星，甚至那些聚居在黑洞边缘依靠量子辐射生存的库班人都派出了代表。来自大大小小七十八个银河，六千六百万个文明的代表聚集在银河系，准备进行一场比赛。

速度最慢的飞船来自一个古老的星云，老掉牙的飞船只能进行六分之一光速的巡航。所以这是一场最多只会进行六十万年的比赛，奇怪之处是比赛组织者花了三百万年的时间进行广播，而各个文明的代表居然花费了数倍的时间赶赴比赛。最后一艘抵达比赛场地的飞船来自黑暗深渊，它用了两千万年的飞船时间。它抵达的时刻，最先到达的塞顿人已经等待了三千四百六十七万年，他们繁衍了无数的后代，以至于比赛的出发点已经形成了塞顿文明圈。为了公平，抵达的大大小小的飞船居然联合起来向塞顿人发动了一场战争，以缩小塞顿人的优势。

谁都没有占到便宜。塞顿人带着愤恨抵抗联合军的侵略，他们不知道为什么必须在这里参加一个不知所云的比

赛，他们连那些把塞顿文明带到这里的祖先长什么样子都不知道，更不知道他们为什么要来这里赶这个热闹。广播已经停止了四千万年，这个时间足够长，是文明平均寿命的两百倍。大部分飞船已经忘了最初来到这里的目的，而关于比赛的论调更像是一场谎言，与其相信谎言不如相信现实，他们按照通用模式进行生存斗争——加入占优势的一方直到最后一个敌人被毁灭，然后找到新的敌人。这是一种高效的减员模式，于是短短的三十万年过去，当比赛悄然发动，所有飞船被卷入旋涡的时刻，六千六百万个文明的代表只剩下四十二个。其中包括三十六台机器和五个人，还有一个是沙达克。"人"这个词在不同的场合有不同的含义，最广泛的意义是所有源自起源星球的智慧生命，然而当"人"和机器相提并论的时候，它表示那些保持着肉身的人。这些人中的某些自豪地宣称：他们和祖先保持着同样的形态，所以只有他们才是"人"。为了对这些人表示尊重，有了一个妥协的办法：肉身的人被称为"人"，而人和机器一起被称为"人类"。

四十二个人类分布在十二艘船上，开始穿越银河的角逐。手段不限。

旋涡不断扩大，越来越多的残存物被卷入。沙达克尽可能从旋涡边缘跳开，虽然他并不想逃脱这个旋涡，但在银星号进入旋涡之前，他要保持观察。

银星号来自金色联盟，一个距离本银河不算太远也不算太近，拥有超过四千亿颗主序恒星，高度文明的发达星系。银星号在路上花费了七十九年，算上宇宙膨胀系数，这是一个了不起的成就——宇宙膨胀系数意味着最近的星系每年彼此远离十分之一光年。简单计算，如果甲星系和乙星系相隔了十个以上的其他星系，它们之间的距离每年会增加一光年以上，亚光速飞船永远不可能从甲飞到乙，或者反过来。银星号是一艘亚光速飞船，最大巡航速度为三分之二光速。然而它居然跨过三十五星系光年迢迢地赶来，最后还赶上了比赛，没有失落在一无所有的黑暗空间里。这真是一个奇迹。

沙达克也认为这是个奇迹。从抵达伊始，他就开始关注银星号，这艘船有太多地方需要被关注：它没有装备超越引擎，只有亚光速巡航能力，却从一个永远不可能抵达的地方来到这里；它的舷标表明它来自金色联盟，然而没有任何其他迹象表明它和那个一千六百万光年之外并正以四光年每年的速度远离的文明有任何联系；它显然是个人造物，却没有人造物的一般特性——如喜欢挑衅，特别是对比自己弱小的东西；它在战争中保持绝对中立，哪怕身处战场中，也泰然无事，但一旦被攻击，它就会做出冷酷

无情的反应，像一条勇猛的斗牛狗一样追杀对手。

关于追杀这件事，更准确的说法是混战，因为发出挑衅的对手身后有一个强大的联盟。虽然背叛和反目成仇并不是什么新鲜事，但在一般情况下，盟友们仍旧很乐意帮忙去踩死比灰尘稍稍强大一点的捣蛋分子。银星号身材瘦小，也就比斗牛狗稍稍大点，是捣蛋分子的典型。当它开始追杀挑衅的对手，几乎所有的飞船都把炮口、枪口指向它，各种能量载体，从导弹、激光到等粒子束流甚至微型黑洞（这种武器很可怕，然而射程非常有限，在不到三十秒的时间里就蒸发得干干净净，只能在两艘飞船贴近到肉眼可视距离时才能使用）都非常慷慨地向它飞去。有那么一刹那，银星号淹没在能量狂潮中，强烈的瞬间辐射超过了整个银河的亮度。当一切都平静下来，所有参与攻击的人类都感到心底一阵发抖，震撼的强度超过刚才大家同仇敌忾所制造的超级爆炸——银星号安然无恙，它从容不迫地靠近那个发射微型黑洞的家伙，那是个庞然大物，来自魔鬼环流圈的泰坦号。银星号开过去，就像撞向一堵墙，仿佛是一种自杀行为，然而就在碰撞的一瞬间，闪过一道闪光。

一道闪光！一道闪光！一道闪光！

所有关于那次攻击的描述只局限于这个短语。没有人看清楚那是怎么发生的，他们只看见了结果。银星号穿过泰坦号，旁若无人地以三分之二光速向着下一个目标前进。他们见到了一艘从未见过的飞船，一艘破败不堪、千疮百孔、四分五裂、阴森恐怖的船。船上没有一点生命气息，甚至没有一点点电磁信号。

一艘鬼船！银星号把泰坦号变成了鬼船！这个恐怖的信息附带着无数的恐慌以光速在所有的飞船中传播。但这个消息没有糟糕到让大家停止战争的地步，联盟之间的战争仍旧继续。十年，银星号周围一光年的范围内，到处是大大小小的鬼船，一百年，这个球形区域的半径扩大到八光年，这块地域被称为"死亡之地"，被大多数人类遗忘。两万年后，联盟间卓有成效的相互毁灭也接近尾声。就像我们所提到的，剩下的不多，三十六个机器，五个人，还有沙达克。银星号被包括在三十六个机器中间。

从一个基点开始，某种强大的力量在搅动整个空间，旋涡发展得很快，以超越光速的速度把一切东西——时间、空间还有其中的存在物，包括乱七八糟的破败飞船，统统吸入其中。这是一个超级虫洞，规模巨大，效应显著。旋涡所引起的扭曲很快显示出效应，众多的破旧飞船仿佛都重新焕发了青春，一派生机勃勃。旋涡把一百光年内的光拉了回来，这些四处散射的光被神秘力量从遥远的

角落召回，层层叠叠汇聚在它的发射体身上。一百年的历史被重重叠叠堆积在一起，那些毁于百年之内的飞船熠熠生辉。在虫洞里，或者说在旋涡影响的范围所及，宇宙的定律失去了作用，光失去了速度，凝结起来。过去和未来重合，时间和空间交错，越靠近旋涡中心，效应便越发明显，当物体抵达旋涡中心，便带着它一百年的历史沉没下去，仿佛掉进了黑洞。

设想某位《银河百科全书》的编辑正要撰写关于这个物体的历史，他会纳闷所有关于这个东西曾经存在的证据都在顷刻之间统统消失，只留下一些闪烁其词、彼此矛盾的记载，于是他在苦思冥想之后这样给自己开脱：一百年前，在银河边缘的塞顿区突然失踪，当时的塞顿区仍旧处于战争状态，类似的失踪事件层出不穷，参见未解之谜1119。至于我们，没有别的词汇，只能用奇迹来形容它。

所谓奇迹，往往意味着缺乏了解。沙达克对虫洞并不缺乏了解，如果需要，借助空间扭曲，他也能制造一个虫洞，虽然规模只有万分之一，却是货真价实的虫洞。然而塞顿区的虫洞旋涡仍旧是一个奇迹，在沙达克所理解的文明形态中，没有一个文明能够制造出这种规模的虫洞，他根本不了解去哪里能找到这么巨大的能量。虫洞不是秘密，能量才是秘密。揭开这个秘密为时尚早，于是他的注意力集中在另一个奇迹上——银星号。

一百年的历史并没有让银星号有什么改变，所有的历史重叠在它身上，只是让它显得更亮一点，更接近一颗银星。它向着旋涡中心的相反方向以三分之二光速行驶，似乎在尽力逃离。旋涡追上了它，小小的飞船转眼消失在时空的混沌中。

沙达克关注着银星号，直到它被旋涡追上。旋涡里发生的一切已经脱离了时空，沙达克只能猜测，却无从知道。如果他想知道发生了什么，只有跟进去。他这么做了。在跳进旋涡之前，他留下一个分身。于是，一个沙达克投入到不可知中，另一个沙达克继续观察着旋涡。

有史以来最大规模的虫洞达到了辐射顶点，它影响了直径六百光年的球型空间，时空的历史被彻底改变，某些历史和那些飞船一起被吞噬，某些历史被打乱了顺序，以离奇的面貌继续向着整个宇宙辐射。某个遥远银河的文明生物出于偶然接收到一些信号，他们惊讶地发现，宇宙充满了不可思议：充分的观测证据表明存在一个熵减的空间，在那里，爆炸的飞船能够自动拼装回去，失去热量的恒星能够重新燃烧起来。这个观察事实在一百年的时间里让星球上的人们相信——上帝是存在的，然后又让他们花了一千年的时间去证明上帝不存在。

　　沙达克同时注意到，最后进入旋涡的不是沙达克，而是一只斗牛狗和一个机器人。他们似乎是专程赶来进入虫洞的——当他们抵达后不到六百秒，虫洞旋涡就发生了。斗牛狗是一种低智商的冯·诺伊曼机，虽然智力较弱，但他有两样极具优势的天赋：悍不畏死，快速繁衍。没人知道当初是哪个文明培养了这种机器种族以及原因是什么，现实是斗牛狗像瘟疫一样被人讨厌，许多人怀疑，创造了斗牛狗的文明最后就是被他们的创造物毁灭的，当然这只是怀疑。（参见《银河百科全书》未解之谜2224——谁创造了疯狂的斗牛狗？）

　　这只斗牛狗显然是经过了进化的种类，当旋涡影响到他，他表现出一些恐慌和惊讶。然而当他注意到其他飞船消失在旋涡里，他变得相当坦然——只要是其他物种能接受的命运，包括死亡，他理所当然地接受。这是典型的斗牛狗逻辑。时空扭曲在一瞬间模糊了时空边界，亚空间短暂地暴露出来，这让斗牛狗注意到了沙达克。他对沙达克表示敬意。那是用一组光信号完成的一个古老的信号，"伟大的朋友，我们源自同一，在渺渺宇宙中相遇，谨致问候。平安。"

　　斗牛狗向沙达克致以问候，沙达克并没有立即回应。但在斗牛狗即将被旋涡吞噬的时刻，他收到了来自沙达克的回应："每个人都在寻找自己的归宿，我们的归宿在茫茫星海。平安。"

第一句话对于斗牛狗有些难以理解，然而第二句话传达了明确的含义。沙达克做了一个决定，旋涡那边的沙达克需要一个朋友甚于敌人，哪怕这个朋友是让人讨厌的瘟疫，且擅自宣称和沙达克源自同一个祖先。

一个机器人尾随着斗牛狗进入旋涡，他毫不客气地紧紧地跟着斗牛狗，似乎生怕跟不上。沙达克居然感受到了机器人所释放的亚空间波动，这是一个拥有亚空间侧面的人类。一个银河人！沙达克有些惊讶，据说银河人已经全部消失了，没想到居然仍旧存在。

银河人肯定是宇宙的幸运儿，在他消失的 0.0……此处省略三十个"0"……001 秒后，也就是超高频伽马射线的光子跳动一下的时间，虫洞消失了。被扰乱的空间恢复了正常。

作为弹性恢复的一部分，银河边缘的十多个星系被抛出，驱动它们的力量如此巨大以至于银河的引力再也不能约束它们。这些星系的恒星由于急剧的加速被拉扁，分解成长条，放出剧烈的 X 射线暴，随后变成松散的粒子流。它们变成了稀疏的弥漫星云。核反应熄灭下来，星云很快变得暗淡，最后成为黑暗的尘埃。只有数亿年后这些粒子

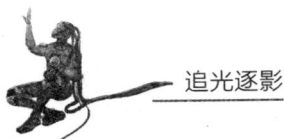

在引力的作用下再次聚集起来，形成巨大的恒星，它们才会被重新点燃。

沙达克只看见这漫长过程最开始的部分，X 射线暴袭击了他。这是意外。他甚至没有办法躲避——时空扭曲的能量如此之大，时空边界被打破，X 射线暴毫无遮拦地落入亚空间。制造这个虫洞所需要的能量远远超出了预期。他必须重新做出估计。但是一切都太迟了。

X 射线暴覆盖了整个塞顿区。任何有序组织，无论是有机体、飞船还是能量体，从正常时空到亚空间，都被杀伤，一个不剩。沙达克也不例外。

"再见，星海。42。"他发送了最后一个消息。这个消息夹杂在强烈的 X 射线暴中，不知道会被什么人收到，也不知道收到信息的人能否理解它的含义。但是，他没有其他选项。

物质是能量的沉淀物。

当宇宙里没有物质的时候，能量是唯一的存在，能量密度很高，很高，非常高，高到无法用言语描述。为了简洁，大家把那个神秘的时期称为"大爆炸"。这个名称听起来很吓人，事实也如此，大爆炸的温度无限接近无限，辐射强劲，能把一切已知的物质撕碎成一团光，哪怕是一个黑洞。这是一个可怕的世界（当然，这种世界不会诞生任何有序组织，更不会诞生智慧生命来认识这种可怕，所以我们所说的可怕是一个虚幻的杞人忧天式的非物理描述。对物理现象进行非物理描述，是我们这个种族的偏好，或者说无奈之举）。幸运的是：这个可怕的世界只持续了0.000——此处共有四十三个"0"——1秒。当小数点后零的数目减少到三十五个，物质开始初显雏形；减少到十个时，中子和质子开始出现；推进到第一秒，氢核若隐若现；然后是第三秒，谢天谢地，我们有了第一个稳定的原子。请注意，虽然能量节节败退，物质逐渐占据上风，但直到此刻，所有的粒子、中子、质子、原子、轻子、重子……一切都和能量耦合在一起，它们是粒子，也是能量，这个概念并不像后来的世界需要理性的思维去发现，如果你能在那个世界里看一眼，就知道这是一个理所当然的结论，前提是你能够活着。

如何在一个纯粹能量的宇宙中生存，这是一个被追问了上亿年的问题。

十秒，到了拨云见日的时刻，仿佛一团光的宇宙终于变得透明，有了一个像模像样的时空，并且以暴增的方式膨胀，物质聚合，星辰开始发光，一切都缓和下来。时空用光和影把自己打扮得绚烂多彩，偶然诞生于其中的生命

赞叹着宇宙的辉煌和美丽，感慨造化的神功。当然，他们终于认识到，在最初的时刻，一切都是不存在的。更糟糕的一件事：在最后的时刻，一切也都是不存在的。

宇宙有一个起点，必然有一个终点。这是一个对称完美却非常糟糕的结论。不过，以下事实让这个结论显得并没有它看上去的那么糟糕：曾经存在的文明的平均寿命是二十万年，智慧生命的平均生存时间是两百年。如果宇宙真的有个终点，这不幸只属于少数，极少数。剩下的多数会寿终正寝，绝大多数会死于不知所谓的战争，就像塞顿圈所发生的事一样。

沙达克属于极少数中的一个。他已经活了一亿五千万年，在已知的世界里，他是最长寿的一个。或者说，他是最长寿的一族——宇宙里有成千上万个沙达克，他们分身，分身，再分身——分身数目是沙达克冒险生涯的成功记录，因为只有当他觉得有生命危险，才会留下分身。长寿有时候并不是好事，尤其是对于沙达克这样的亚空间体，他不能像某些机器一样无限制地把自己做得大些，再大些，从而存储无数的记忆，从出生直到死亡，一生的记录完整而详细。他只能记得最近三百万年的所有事和更遥远时刻的某些重要的事。因此沙达克们并不认为他们是同一个——就像很多人经常误会的那样。他们是不同的许多个。当然，他们共同记得一些很久很久之前的重要事件。这句话也可以这样表述：如果一个事件被所有的沙达克牢记，那么这件事发生的时期就可以上推到沙达克的婴儿期——一亿五千万年前。这样的重要事件并不多，在不多的事件里包括这个事实：曾经有一个小小的固态星球，大部分被水包围，有一层薄薄的大气，在可见光谱上，它是一个五彩缤纷的球，主色调是蓝和白。

那是沙达克的摇篮。

沙达克被虫洞弹出的一瞬间，看到了一个星球，和记忆中的摇篮类似，那是一个蓝白色调的星球。

星系很平静。沙达克很快计算出星系的位置，它在银河的一条旋臂的中段，靠近外缘，属于稀疏区，和塞顿区正好处在银河的两端。从塞顿区远道而来的是十万年前的光，沙达克惊讶地发现，他看到了异样的时空，这是一片时空的高地，从平坦中高高地鼓起。如果一个沙达克在此地进行观察，他会得出结论：塞顿区将要爆发一场时空灾难，或者至少是一次风暴——看不见的力量让整个时空发生了偏移，就像一个巨大的物体盘踞在塞顿区，它让所有途经的光线发生了微小的转折，这个不到一弧秒的转折意味着巨大的质量布满了整个空间。然而，除了飞船和少量

尘埃，那儿什么都没有。

一个黑洞！一个直径达到三百光年甚至更大的黑洞。

它早已经在那儿！只是不属于我们的时空。

沙达克突然之间明白了那创造超级虫洞的能量从何而来。一个超级黑洞，宇宙之外的黑洞和我们的宇宙进行了一次亲密接触，很幸运，碰撞不够强烈，也许角度不是非常精准，那超过六十五个银河质量的黑洞没有一头扎进这个世界。它被弹开，就像掠过水面的石子，但留下阵阵涟漪。时空的涟漪并不像水波那样直观，除了那个史无前例的超级虫洞，还会发生些什么仍有待观察。

"有待观察"并不是一个好词，言下之意是一无所知。虽然沙达克是一个活得够久的智慧生命，但宇宙还是一个充满神奇的地方。比如这样一次碰撞。另外，虽然一无所知是一件非常可怕的事，却远远不如这件事可怕：有人清楚地了解情况，而你仍旧一无所知。

当所有的文明星系蜂拥而来，汇聚在塞顿区，他们并不是头脑发热来参加一场派对的。虽然沙达克到达时广播已经停止了六百万年，他却仍旧清楚地记得那条广播：让我们来一场十万光年的赛跑，谁先穿过这个星系，谁就赢得胜利，手段不限。没有时间，没有邀请人，来历可疑，然而所有的文明星系都蜂拥而来——广播用两种脉冲表示

0和1，采用银河通用编码，以三十六年为周期重复，除了最初的一秒表达了清楚的邀请，剩下的三十六年，将近六百兆兆的代码不知所云，不过，它们重复得很好，每一个三十六年的周期所发送的六百兆兆代码里，没有一个字位不同。最让人着迷的地方是脉冲没有源头，它仿佛从真空的一个点中发射出来，却穿透了几百万光年的时空，在被人类发现之前，已经静悄悄地发射了无数个世纪。飞船聚集起来，在塞顿区等待，他们放弃了一切，只为等待一个信号，一个起跑信号。他们愿意加入一场目的不明的比赛，哪怕为此付出一代又一代的等待——也许这就是了解宇宙奥秘的最佳机会，唯一机会。

沙达克进行了一次分身。他从奥盾星系潜入塞顿区，然后一直悄悄地等着。一千万年的时光悄然而过，除了一场愚蠢的战争，他什么也没有等到。然而此刻，他突然意识到，可能它早已经来了，没有招摇的广播，而是悄然潜入，在不知不觉中突破了宇宙的樊篱，在暗处悄悄地看着吵吵嚷嚷的人类。沙达克感到一阵惶恐。

但一切都要继续。沙达克仔细地审视星系。银星号就在距离不到十光秒的地方，一动不动，也没有任何讯号。五个人被时空的扭曲弄昏了头脑，仍旧在茫然地计算着此刻的位置。这些保留着生物躯体的人也许是宇宙里最有趣

的东西：他们自豪地认为自己是宇宙里独一无二的存在，是所有文明的创立者和主宰。然而所有人都知道，一个人即使借助机器，也需要七天的时间来计算自己在宇宙中的位置，而对于沙达克，得到这个结果只需要两微秒。其他的飞船犹豫不决，也在等待着，电波在飞船之间传递，不断重复：怎么办？只有一个例外，他笔直地向着内行星轨道飞去。沙达克辨认出那是一只斗牛狗——他正奔向重元素的富集区去执行终极使命：复制。斗牛狗没有了解宇宙奥秘的愿望，他们的生活简单而快乐——或者，他们至少没有不快乐。照理说，斗牛狗不应该出现在这群为了了解宇宙奥秘而苦苦等待的人类中间，但他来了，而且在虫洞发生的最后时刻到达。沙达克猜测这是一个意外。

一切还是很平静。沙达克起身，决定再去找找银星号。

时间的离奇之处是它只能向前，不能向后。

鬼船的离奇之处是它提前经历了所有的未来，于是失去了现在。宇宙里有许许多多的鬼船，它们就像幽灵四处飘荡。许多研究者把鬼船列为研究对象，发表了连篇累牍的文章，来说明各种各样可能的原因。

所有的研究文章有两个共同特点：第一，它们很长；第二，很深奥。研究者以诲人不倦的态度和所有人共享自己的文章，但除了作者自己，很少有人能理解。相对于这些文章，普通读者对这句话的印象更为深刻：它仿佛旅行到了时间的尽头，然后回到我们身边。这是鬼船的第一个发现者——斯科特船长的话。上亿年来，时代不断前进，文章不断被广播，大众对于鬼船的认识仍旧停留在这句话上。真实的情况也相差不远。（参见《银河百科全书》未解之谜 88——鬼船。）

沙达克的记忆中有两艘鬼船。一艘是太白号，那是很久很久之前的船，那个时候，沙达克还生存在飞船上，换句话说，太白号上有一个沙达克。飞船飞进了剑鱼座阿尔法星的奇异虫洞，然后马上被吐了出来，成了鬼船。沙达克仔细研究过那艘船，就和人们所了解的一样，这艘船上的一切都曾走到时间的尽头，粒子被分解，然后重新凝聚。高分子物质全部消失，只有简单物质留了下来，然而只是一些粒子堆积，脆弱的分子键甚至无法对抗最微小的扰动。如果有一阵风，它就会像灰烬一样被吹散。除此以外，没有任何有价值的东西。

另一艘鬼船和沙达克没有任何关系。银星号在塞顿区对几百艘船进行了攻击，沙达克考察了其中的一艘。即便这不是时空尽头导致的毁灭，效果也毫无两样。银星号拥有一些让人觉得恐怖的能力，没有人知道其能力从何而

来。沙达克潜入银星号。银星号一如既往，不予理会。

斗牛狗在小行星区非常快乐。他不断地发送快乐电波。每一次信号都意味着一只斗牛狗被成功复制。越来越多的斗牛狗发出快乐电波，整个星系仿佛沉浸在快乐交响乐里。很快，小行星轨道被咬出一道缺口，无数斗牛狗和半成品斗牛狗在其中漂浮。

只要能够找到铁和硅，斗牛狗就能飞快地复制，这在浩瀚无边的宇宙中算是一个不大不小的奇迹。沙达克检查过斗牛狗的身体，他们的身体由无数的微小单位组成，每一个单位的基本结构都一样，就像生物细胞，细胞分化成组织，然后是器官，最后是躯体——与其说他们是机器，不如说是生物，只不过他们很壮，也很强悍。

生物很奇妙，到处都是。宇宙的每一个角落都有一些小小的分子聚合物，只要一找到机会就不断地进行复制、变异——最可疑的一点是他们总能找到这样的机会，不管宇宙看上去多么冷漠无情。这样的事实无法让人不怀疑，这个宇宙就是为了生命的诞生而存在的，无论从上帝还是物理学的角度，这种想法的确是一个很好的安慰。然而，任何人只要见到斗牛狗的快速复制就一定会改变主意，如果他相信上帝，他会认为这是对神的亵渎；而如果他相信物理学，他会祈祷：这玩意儿最好从来没有被创造过。

成千上万的斗牛狗聚集在一起，他们的快乐电波变得如此强大，以至于某些机器已经支持不住，被迫关闭了通信。沙达克躲藏在亚空间，他并没有被过多地打搅，可还是感觉到某些异样。一个庞然巨物在亚空间中潜行，比沙达克庞大得多，轻巧得多，沙达克仿佛看到了某种影子，悄无声息地掠过，毫无知觉地消失。这是沙达克从来没有的经历。

巨物向着斗牛狗群去了。这是沙达克的直觉。

然后，他看到了另一些异样，亚空间的小小湍流意味着某个有分量的东西正在加速。事实是一个黑色的球体从蓝色星球的卫星轨道上脱离，向着外层空间飞来。它的目标是斗牛狗群。

天哪，这个星球上有人！这是沙达克的第一想法，然后他马上否定了自己。他从来没有见过这样的人类星球，整个星球上找不到一个建筑物，甚至地下也没有，没有异常热量，整个星球被包裹在一层蓝色的晶体里边，仿佛一层盔甲。这是某种异文明。他做出了判断。

沙达克把注意力集中在黑色球体上，这是一个生物，看起来没有大脑，一些简单的神经节让它能够做伸缩运动，它的躯体伸展开，后半部分具有金属的质感，喷出

火焰，那是一个小小的助推器，推动它向着斗牛狗那儿飞去。这是一个生物机械体。它收到了来自主星球的指令，去查看斗牛狗的情况。显然，这样一群饕餮之徒在任何一个星系都不会受到欢迎。如果可能，星系的主人会毫不犹豫地将他们扫地出门。在那之前，小心的试探也必不可少。不过，要抓紧时间，在斗牛狗的数量增长到无法收拾之前，时间是很宝贵的。

沙达克靠近蓝色星球。这一次他看得更真切，许多类似的球体环绕着主星。突然间，沙达克有一种被窥探的感觉，某种能量渗入亚空间，在他的周围盘绕，若有若无，这感觉似曾相识，就像他刚才所觉察的影子。

所有的黑色球体都转向了沙达克。它们绕着主星运动，却始终朝向沙达克——它们都指向一个一无所有的所在，但沙达克的实空间映射正好在那里。

这是眼睛，星球的眼睛。

沙达克在无数双眼睛的注视下停了下来。他思考了几秒，然后送出信号，"每个人都在寻找自己的归宿，我们的归宿在茫茫星海。我是沙达克，和平的人类。你好。"他用了三千六百种主要语言，银河通用编码。三千六百种语言似乎是一个不小的数目，然而考虑到宇宙中有数亿的银河，每个银河都拥有千万亿的恒星，每一颗恒星都可能存在文明，所以这个数目其实非常非常小，能够得到正确回应的机会同样非常非常小。数一数这个银河的恒星数目，然后取倒数，再乘以三千六百，即便不是一个正确的数字，也距离正确不远。

这个数字就像斗牛狗的一个细胞相对于他的身体，或者一滴水相对于大海。大海到底是什么不得而知，沙达克只知道那是很多很多水汇聚在一起，就像很多很多星星汇聚在一起便是银河。

从银河中捞起一颗特定的恒星，这种时候，你不得不希望有些好运气。

斗牛狗的数量扩张到三千三百五十五万四千四百三十二。这是一个不小的数目，但对生物来说，不算太多。生物的数量就和银河中恒星的数量一样，常用单位是十亿。然而这个数字对于斗牛狗来说仍旧意味着某些东西。他们停了下来。

他们停了下来，似乎什么都没有做，只是维持着队形，随着千千万万的小行星一道绕着恒星飞行。从远方看去，他们就像毫无生气的一群天体，只有规则排列的队形和不断发送的快乐电波证明那是一群智慧生命。突然间集群发生了骚动，他们两两靠近，开始结合。这种结合的

过程很容易被人类想象成交媾，很多人就是这么想的，然后把传播这种富有想象力的说法当作消遣。于是斗牛狗在人们的想象中和口头上变成一种极其淫荡的种族，不仅可怕，而且让人鄙夷。

装着五个人的飞船发出一个信号。这个信号显然是其中一个人给其他人的内部通话，却被广播了出来，于是沙达克可以收到。他说："Wow！"沙达克不知道这个内涵简单、外延丰富的词汇到底表达了什么，他也没有兴趣去关心几个人类的脑子里到底在想些什么。他更关心斗牛狗——斗牛狗的行为出乎意料，这是一种前所未见的新类型。他们两两结合，然后再两两结合，似乎并没有停下来的趋势。这真是一件有趣的事。沙达克的注意力完全集中在斗牛狗身上，他不带任何有色眼镜地观察两只斗牛狗之间的结合，他们最初靠在一起，表面细胞彼此融入，紧紧结合，已经分化的组织生长出全新的细胞，原有的细胞纷纷死去，新生细胞充斥着整个体腔，他们没有分化，形态一致，这个新的合体仿佛只是一团肉。却是富有生机、充满生长欲望的肉。这个新个体向着另一个新个体靠近，他的身体开始变得扁平，逐渐伸展开，变得中空，仿佛是张开的大嘴，要把靠近他的伙伴整个儿吞下去。

"沙达克！"

有人在和他联系。那是一艘飞船，或者说机器人。

"它们的行为很异常！"

它还是他，这是一个非常严肃的问题。机器人犯了种族歧视的罪行，然而此刻并不是讨论种族歧视的时刻。沙达克扫描机器人的正电子脑，这个头脑 86% 和标准人类的思考模式吻合，属于分布允许范围之内，于是他认为自己并不是在和一个非人类交流。

语言是一种冗余，沙达克直接进入了机器人的记忆库。但他被拒绝了。机器人具有防范亚空间侵入的能力，也愿意使用这种能力。这样的机器人并不多。他是一个两位一体。

沙达克有些惊讶。他已经很久没有见到过两位一体了，尤其是一个人类。

那样的人类仅仅被创造过一次，那时候人类还没有走出第一银河。他们是银河计算机的守护者。

"你是银河人？"

"曾经是。银河计算机失败了，我们也和你一样成了漂流者。我曾经遇到一个沙达克，知道你们已经没有了鑫团，仅仅以亚空间体存在。这的确让人羡慕。"

"你也拥有一个亚空间侧面。"

"是的，那只是一个侧面而已，我们没有那么自由，

至少在这个时空，光速是不可逾越的。而你们却几乎可以自由往来。宇宙就像你们的家。"

"我们没有家。"

"至少你们认为自己属于人类，这就够了。你的眼前，一个人类公敌正在形成。"

"为什么这么说。"

"银河计算机是被斗牛狗毁掉的。"

银河计算机是一个超越所有已知文明的奇观。尽管这是一亿三千万年前的计划，但在之后亿万年里，沙达克也从来没有见到任何一个计划能够和它相提并论。简而言之，这个计划试图在银心区制造一个超级规模的量子计算机，总质量达到十三个标准恒星。事实证明，这大大超越了当时人类的能量控制水平，计算机发生坍塌，成了一个黑洞，因为距离银心黑洞太近，被吸引后发生碰撞，合并。没有留下任何人工痕迹，这个人类历史上最富有想象力的计划成了一个天文现象，强烈的 X 射线暴是唯一的存在记录。

沙达克注意到来自银心方向的一点亮光，那是 X 射线。在距离六千光年的远处，这亮光依然强烈，在无数的光点中卓然不群，那是一个爆炸性的发射源头。

他满腹狐疑，问道："这里就是第一银河？"

"是的。"机器人斩钉截铁地回答。

"你怎么知道？"

"我从来没有离开过。"

数量是一种优势。有时候，这种优势相当可怕。

二位一体的机器人哈尔 007 关于银河计算机被毁灭的描述是对于数量优势的绝佳说明。一个银河人可以轻易地制服一只斗牛狗，然而，当数以亿计的斗牛狗仿佛疯了一般涌向各个空间发生器时，银河人的抵抗完全失去了意义。

这个历史事件被描述成因为能量控制水平低下而导致的失败，这不是全部的事实。事实是因为人类无法通过整体性空间扭曲来保证物质克服引力、维持结构，他们使用了多达七十五万个空间发生器。这些空间发生器抵消了引力，保证十三个标准恒星的物质分布在整个星系空间而不向着中心聚集。斗牛狗对空间发生器发动攻击。他们分成小群，每一个小群有五千只以上的斗牛狗，攻击一个空间发生器。所有的七十五万个空间发生器几乎同时被攻击，而银河人的数量总共只有十五万。空间结构很快崩溃，物质弥漫，整个星系成了星云，氢气云开始加速聚合，两千万年的时间，中央恒星形成并开始发光；再一千万年，

它增长到三个标准恒星的质量，成为一颗一等恒星；再一百五十万年，恒星轰然坍塌，黑洞成为星系的主人，星系移动到银心黑洞边缘；剩下的岁月里，两个黑洞缓慢而不可抗拒地逐渐融合，放出银河中最亮的射线暴。这是一场耗时以千万年计的大戏，斗牛狗用五十年的时间揭开序幕，然后把剩下的上亿年留给了宇宙。

一切都不可挽回。

银河人并没有继续和斗牛狗战斗，但也没有就此罢休。规模庞大、组织严密的攻击意味着密谋和策划。屠杀斗牛狗除泄愤之外没有任何意义，银河人并不属于需要泄愤的人类。他们伪装起来，潜藏到银河的各个角落，寻找真相。

"所有的斗牛狗都源自那一次攻击。完成攻击后，它们就成了宇宙的祸害，到处毁灭文明。不过自从那一次银河灾难之后，它们安静了许多。我从来没有再听说过任何一次斗牛狗规模成长到一亿只以上的。我们的族人跟踪它们，分散到银河的各个角落，监视它们，希望找到它们背后的黑手。"

沙达克沉浸在思考中。他知道银河人，知道这是一个背负崇高使命的种族，在沙达克的记忆中，他们随着银河计算机的毁灭而消失。他认为自己记住了历史，却没想到记住的只是谎言。银河人放出一个烟幕弹，却欺骗了沙达克们亿万年。

沙达克在想为什么要相信一个陌生人，哪怕是一个银河人。

"为什么不向其他人类求助？"

"又有哪一支人类能够比银河人更强大？"

"你为什么找我？"

"我不想惊扰它们，你是亚空间体，能不能帮我一个忙？"

二位一体的机器人监视着斗牛狗群，斗牛狗群继续着一加一等于一的游戏，"沙达克，你能潜入宇宙的任何角落。你也能进入它们中间，了解它们正在做些什么。它们一直在合体，我从来没有见到过这种情况。"

哈尔007希望沙达克能够为他了解斗牛狗群正在做些什么。作为同一个阵线的人类，面对人类的公敌斗牛狗群，这是一个合乎逻辑的请求。然而沙达克没有答应。

"哈尔，你是否感觉到一些亚空间的异常？"沙达克向哈尔007描述那个若有若无的亚空间影子。

"是的，沙达克。我并没有感觉那是异常，但是记录里边有一次小小的微跳，时间和你的描述吻合。这很重要吗？只是一次微跳而已。"

"那是一个庞然大物，如果你只记录当前位置上的能量波动，你会认为这只是一次微跳，但是……"沙达克寻找着合适的说法，"……那是一次无边无际的微跳。如果我把身体尽量展开，最多只能是其十分之一。"

沙达克停顿下来，他要想想这个结论意味着什么。如果那个家伙也是一个亚空间体，那么他就应该是沙达克的十倍，这超越了某些限制。一个超过极限的亚空间体应该在一瞬间被狄拉克海吞噬。

这个星系不仅有银星号、斗牛狗、银河人，还可能存在一个超级亚空间体。不管这些是否在《银河百科全书》的未解之谜中收录，却都是沙达克的未解之谜。这些未解之谜与那来自宇宙之外的广播和碰撞以一种不可思议的巧合联系在一起，沙达克在恍惚中疑心自己掉入了一个陷阱。

如果是一个陷阱，那么它横跨成千上万个银河，超越亿万年时空，甚至超越了我们的宇宙。对于这样一个东西，如果你知道它，会感到敬畏；了解它，会感到仰慕；掌握它，会觉得自己就是宇宙之神。然而沙达克发现自己一无所知，于是他只有本能的害怕和小心翼翼。

某个湍流引起了沙达克的注意。蓝色星球再次抛出一个探测器，这一次，探测器指向了银星号。

沙达克想起这个不大不小的奇迹：这里居然还是第一

银河，人类诞生的地方。

沙达克提问："哈尔，银河计算机算出了些什么吗？"

哈尔 007 没有回答。

"上帝保佑，沙达克，我们见到了你！"

沙达克听到了一种不想听到的声音。

我们的宇宙是一张膜，包裹着亚空间。膜的外边，是狄拉克海。狄拉克海是一个神奇所在，根据艰深的数学，那里边会长出各种各样的泡泡，拥有形形色色的膜，包裹着五花八门的亚空间。当然这理论无从验证，跨过狄拉克海钻进另一张膜暂时还停留在假想阶段，而这个暂时以亿万年计。

狄拉克海，能量之海，没有什么能解释为什么我们需要一个能量之海。它就在那里，它就在那里，它就在那里。如果有什么跨越了知识的边界成为真理，它就是真理。不过这个真理看起来对于生存没什么帮助。于是有人相信，某种神秘的智慧力量创造了狄拉克海，就像蛮荒时期，人们相信这种力量创造了大地，后来，人们相信这种力量创造了起源星球，再后来，创造的对象变成了宇宙，到今天，是狄拉克海。世界一定要拥有某个创造者才比较让人安心。这个创造者有个亘古不变的名称：上帝。此

刻，沙达克身边就围绕着五个信仰上帝的人。

没有坚定的信仰很难在这个世界里保持肉身，对于智慧生命，核酸和蛋白质仿佛多余的累赘。沙达克对这些人一直保持敬意，敬而远之。但是他们对沙达克情有独钟，甚至根据想象给他画了很多像，到处悬挂起来，作为一种祈祷的对象。沙达克当然不是上帝，但他是上帝的使者——神。

对于这个头衔，沙达克不知道如何处理，于是就听之任之。时间久了，只要人类存在的地方，人们都知道沙达克是神。只是机器生命用神来称呼沙达克的时候总是带着嘲弄的语气，而肉身的人类通常都很虔诚。

还好沙达克是一个亚空间体，如果要避开仰慕者，他只需要在亚空间中不停地移动。当五个人向沙达克问好，沙达克意识到这一次他居然停留在原地超过了三万六千秒，亚空间的三万六千秒，是相对静止平坦实空间的三百六十年，这足够人们观察到他的存在并涌上来打招呼。和蔼地对待每一个人类，这是沙达克的本性。于是他说："你们好。"

人是这场莫名其妙的竞赛中莫名其妙的参与者。他们的平均寿命只有一千多年，却希望看到一场跨跃上亿年的表演，于是他们只能一代代繁殖下去来克服这个致命的弱点。然而，几十代之后，祖先们的决心可能仍旧被记得，却不再重要，几百代之后，曾经的雄心壮志早已不知所踪，情况如果糟糕一点，就会像可怜的塞顿文明一样灰飞烟灭。只有最坚定的人才能坚持下来，他们是上帝最虔诚信徒的克隆后代，每一代人从小被灌输的绝对信仰。

他们发现了沙达克，神显示了他的存在，这个消息让五个人欣喜若狂。

"告诉我们，真空广播来自上帝。"

"告诉我们，上帝将降临这个卑微的宇宙。"

"告诉我们，上帝马上就要展示他的神迹。"

"告诉我们，天堂之门将为我们开启。"

"告诉我们，在宇宙的末日虔诚的信徒将得到救赎。"

信徒的语言听起来过于热情，对冷静的人类来说过于刺耳，如果剔除那些试图奉献自己、燃烧别人的东西，他们所说的无非是某种神秘的力量发出了真空广播，它将来到这个宇宙，会有一些不可预料的好事发生，我们可以从它那里找到在宇宙末日之后仍旧生存的方法。

于是沙达克认为他们在以自己的方式对未来做出预测。这是一种可能性。虽然他很想告诉这些人未来有很多种可能性，但是他不能允许自己伤害他们，于是落荒而逃，消失在他们的可测范围外。

这个时候他听到了哈尔 007 姗姗来迟的回答："它什么都没有告诉我们。"

一切平静下来。

斗牛狗继续进行合体，来自蓝色星球的探测器进入了他们中间，和他们同步；

哈尔 007 继续警惕地观察着斗牛狗群；

五个人克隆了自己的下一代，并且把神匆匆露头的好消息写进了《启示录》；

银星号仍旧保持沉默，它随着中央恒星的引力缓慢下落，蓝色星球的探测器绕着它打转。

其他机器人靠近斗牛狗群，因为什么事都没有发生，所以他们必须找一些事来打发时间，斗牛狗的合体是一个不大不小的奇观，正好提供了机会。

一切平静得仿佛只是在一个远离文明中心的蛮荒星系，一些闲得无聊的人类只好玩玩游戏。那无穷无尽的真空广播，超过六千六百万个文明的盛大聚会，跨越千万年的等待，野蛮却让人热血沸腾的战争，有史以来最大的虫洞和万众期待的十万光年竞赛……这些都成了过去时，让人怀疑是否曾经存在过。银星号、斗牛狗、银河人、超级亚空间体，这些异常生命却集中在这个蛮荒星系里。

应该发生些什么。

应该发生些什么？

沙达克在思考。最后他决定等待。同已经过去的三千万年相比，几百年不过是一瞬。

他等到了斗牛狗完成最后的合体。三千三百五十五万四千四百三十二只变成了一只。快乐电波早已经停止。这庞然巨物仿佛一块巨型岩石，在各种各样的天体间漂浮。他的内部开始分化，一个又一个的组织成形，一个又一个的器官就位，体型也随着内部结构而改变，从一个球体，逐渐拉长，原本平滑的表面变得粗糙，最后仿佛壳体般龟裂，许多叫不上名目的东西从裂隙中生长起来，其中有许多武器，更多的是超越引擎。数以万计的超越引擎分布在躯体各处，处在就绪状态，仿佛斗牛狗抛弃了他悍不畏死的秉性，准备随时逃跑。最后长成的是大脑，大脑在躯体的最深处，尚未分化的细胞聚集起来，按照某种复杂的三维拓扑结构组成阵列。大脑很快地成长着，形成乳白色球体，然后逐渐硬化，变成蓝蓝的矿物般的晶体。光在晶体间闪烁，复杂的思维顷刻间成形。这思维的光透射出来，传递到躯体的各个角落。斗牛狗抖动他的身躯。

这是焕然一新的斗牛狗，一个拥有超级头脑的斗牛狗。

围观的人类沉浸在震撼中。他们认为斗牛狗是一种

低智能冯·诺伊曼机，他们抱着看热闹的心情围观斗牛狗的合体，他们认为合体的最后产物是一个什么也不是的肉球。结果他们看到了一个拥有头脑的"行星堡垒"，在他面前，他们什么也不是。强烈的反差造成强烈的震撼。行星堡垒一般的智慧生命并不罕见，然而当你把一个智能行星堡垒预计成一团肉球时，那就完全是另一回事了。

沙达克感觉到哈尔007的冲动，二位一体的机器人失去了冷静，他认为自己找到了元凶。

"等一等，哈尔，还不到时候。"

斗牛狗发出电波，"每个人都在寻找自己的归宿，我们的归宿在茫茫星海。平安。"

这个电波让沙达克惊诧不已。这是他的常用语。

哈尔007转向沙达克，"这是怎么回事？沙达克？"

沙达克没有答案。

某个东西替他做了回答，这个回答以亚空间波动的形式传递到沙达克和哈尔007的意识中，他说："这是和平。沙达克，欢迎回到地球。哈尔007，欢迎来到地球。"

蓝色星球突然间变得有些异样，热量急剧增加，即便在耀眼的阳光下，仍旧可以看到到处都是蓝色的光。

银星号毫无征兆地启动，奔向蓝色星球。

黑暗中闪过一道微弱的火光，那是绕着银星号运行的探测器化成了灰烬。

　　沙达克贴近蓝色星球。身躯庞大的斗牛狗悬浮在一旁，他仿佛蓝色星球的一个伴星，正和星球自转同步运动，距离如此之近以至于星球上的潮汐发生了一百多厘米的变化。

　　有一个事实是奇怪而清楚的：蓝色星球控制着斗牛狗，至少，他们站在同一个战壕里。这个事实由以下事实证明：蓝色星球在斗牛狗完成最后合体的时刻向沙达克和哈尔007发送了亚空间波动，与此同时，斗牛狗正好运动到相对地球最近的距离；斗牛狗迅速向蓝色星球靠近，并且进入同步轨道；蓝色星球的探测器被斗牛狗包含在身体里，位于大脑的最深层，大脑组织小心翼翼地呵护着这个外来的东西，把它作为触发的核心。

　　另一个事实是否是事实仍旧是个疑问：蓝色星球声称自己就是起源星球。

　　哈尔007对于这两个事实怒不可遏，一个声称自己是起源星球的家伙居然是斗牛狗的同伙甚至幕后黑手，这意味着他和所有族人孜孜以求的真相是一个两难的选择。银河计算机比人类起源地更具有吸引力，然而毁掉人类起源地不是一个理智人类应该做的事。因此他迫切希望用如下事实代替第二个事实：这是一个异文明星球，它躲藏在角

落里窥视着人类，出于某种原因它对人类心怀不轨，于是它派遣斗牛狗毁掉了银河计算机。

哈尔007启动了他的毁灭系统，他将在自己所在的位置引发一次真空膨胀。一次真空膨胀会引起空间结构小小的波动，对于任何具有实体的物质，空间波动都是致命的，然而我们的宇宙却出奇的稳定，任何空间结构的波动都将飞快地被耗散，不会引起太大的灾难——如果你仍旧记得我们的宇宙是一张膜，而膜的外边是狄拉克海这个关于世界的通俗描述，就能轻松地对此进行理解——狄拉克海虽然经常涨落，却从来不喜欢这种被动的波动，如果膜上发生了波动，能量将在瞬间被狄拉克海吸收，就像大海吸收一滴水，一点不剩，毫无形迹。然而哈尔007是个二位一体机器人，这意味着如果他发动真空膨胀，情况将有些不同。真空膨胀并不产生空间波动，而是制造一个通路，将狄拉克海和亚空间联系在一起，能量的狂飙从亚空间涌出，汇入狄拉克海。这个宇宙将被喷薄而出的能量冲刷出一个大洞。宇宙是一张有韧性的膜，它能够恢复原状，只是曾经在大洞的位置存在的那些东西都会消失，就像从来没有在这个宇宙里存在过一样。这是银河人的终极武器，毁灭一切，包括自身。只有两种人会这么做：疯子或者走投无路的人。

哈尔 007 既不是疯子也没有到走投无路的地步，于是这个举动被理解成恫吓。

"哈尔 007，我知道你是最坚定的一个，你的族人大部分已经放弃，你却仍旧坚持。这很了不起。这是人类值得骄傲的光荣品质。"

"你在胡说些什么？！"

"最近的一个，哈尔 725，在忒留斯星云对自己进行了解构，他消除了所有关于过去的记忆，成为一个忒留斯人，参加了当地总统的竞选。"

哈尔 007 知道这个兄弟，他追踪斗牛狗途经忒留斯星云，见到了这个曾经的银河人。这是自甘堕落。

"不要怨恨他，哈尔 007，如果可以自由选择，这个世界上绝大多数的人类会自觉或者不自觉地自甘堕落，一个人的一生绝大部分时间都在自觉或者不自觉中堕落，这是人类的常态。只有常态的大多数，才会凸显杰出的少数。这少数就是人类孜孜不倦的动力。

"银河人仍旧是人类，然而却不是你所认定的那样高贵。曾经的十二万银河人只有六个仍旧在追踪斗牛狗，你就是其中之一。"

"够了！不要再胡言乱语了，你究竟是谁？"哈尔 007 气急败坏地盯着眼前的星球，他决定如果这个冒犯者不自

动现身，他就把整个星球毁掉，不管它是人类的起源地还是什么。

"我会告诉你我是谁。在此之前，我还想请你知道，斗牛狗是我创造的，而银河计算机并没有死亡，它正冲着我们而来。"沙达克和哈尔007的意识被引向远方。

哈尔007猛然回头。距离七百光秒的远处，银星号正以三分之二光速赶来。

斗牛狗发动了第一次攻击。一个巨大的球形物被抛出，迎向银星号。

"在它赶到之前，我们还有两个小时。

"现在是历史时刻。

"我没有名字，你可以称呼我为埃博之子。我就是这个星球。人类的起源之地、守护者——地球。"

大事件总是在一瞬间完成，宇宙的年龄却多达两百多亿年。漫长的等待只为一瞬间的辉煌。这几乎是所有大事件的共同属性。

当人类的历史大事件和宇宙的大事件有了同样的时间数量级，或者说，人类学会了造物的一项必须技能——以亿万年计的耐心等待，就意味着人类和宇宙已经密不可分。许多人不具备这种耐心，就像塞顿文明圈所发生的一样，千万年的等待导致了溃灭。少数人具有这样的耐心，六千六百万个文明代表最后剩下四十二个，就是这样的少数。而沙达克，是少数中的少数。

然而即便少数中的少数也为这样的事实所震惊：埃博之子作为一个头脑已经思考了一亿七千万年之久，这是迄今为止最长的纪录，而且很可能就是最终的纪录——如果埃博之子的话是真的。因为埃博之子宣称他就是人类的起源地。

哈尔007根本不相信，他再一次展示他的致命武器。银河人是人类的守护者，银河计算机是人类的福音，这个信念超过一切，包括他的生命。从他诞生起，就为了这个信念而活着。斗牛狗毁掉银河计算机，毁掉了人类通向最终真理的福音，银河人必须对此展开报复。这个自称埃博之子的家伙是幕后黑手，必须杀死他。

哈尔007让沙达克赶紧离开。沙达克没有这么做。不管真相是什么，这个蓝色星球的主人都显示了不同凡响的一面：他隔绝了哈尔007的亚空间出口，哈尔007却惘然不觉。即便此刻真空膨胀被触发，能量也将完全泄漏到狄拉克海，不会影响任何东西。这简直不可思议。

沙达克劝说哈尔007等待三十秒，他试图理解这一切如何发生，于是他问了第一个问题："我怎么才能相信你？"

埃博之子的回答再次出乎意料，"宇宙里有成万上亿的种族，人类却分布最广，你认为这是一种偶然？

"当你用不成熟的超越引擎试图穿越淼空间，超越光速，能够一次次成功，都是因为侥幸？

"垚星联盟和暗黑深渊的战争持续了六万年，最后战役中人类仅仅依靠三十二艘战舰的优势摧毁了暗黑深渊的中枢星，如果暗黑深渊的七五舰团能够赶到，六千对三十二，无论人类飞船具有多么强大的优势也无法对抗。很不幸，又很幸运，这个舰团的跳跃发生了错误，被狄拉克海吞没。"

……

淼空间是一个历史名词。当亚空间的奥秘还是一个秘密，人类把亚空间的表层称为淼空间，在能量控制水平低下的时代，人类以卓越的冒险精神进行淼空间跳跃。成功是小概率事件，沙达克却几乎每次都能成功。

垚星联盟在八千万年前支离破碎，人类不再需要一个庞大的统一体来相互支持。然而在人类取得压倒性优势之前，垚星联盟一次次成功地抵抗、反击，最终击溃了所有的对手。回头观望，暗黑深渊、泰坦星云，还有斯哲人……许多文明和人类一样辉煌，单论武力，也并不虚弱，人类却一次次地战胜，把它们都限制在某些角落，不能通向整个宇宙。

人类的历史有很多关键点。大多数关键点，沙达克都是见证人。人类很侥幸。这个宇宙里分布最广、文明程度最高的种族拥有太多好运气。沙达克很久之前就知道这点，然而他相信那就是运气。埃博之子却告诉他一个完全不同的答案。这个宇宙里也许有好运气，但是不会有那么多。如果好运气贯通了亿万年的历史，那么一定有一个"麦克斯韦妖"在帮助人类进行运气检查，好的留下，坏的踢走。

埃博之子继续罗列着人类的好运气。有些事沙达克并不了解，自从他转化成亚空间体，他和绝大多数人类疏远了很多。埃博之子却好像什么都知道。

沙达克终于喊停，他问了第二个问题，"告诉我，我是怎么诞生的。"

"有一艘飞船，叫作联合号。有一个工程师，叫作李中国。李中国的模拟人和联合号主机结合，成就了完美的虚拟人，这就是第一个沙达克。这发生在一亿九千六百七十五万七千七百七十七年前，人类在冥王星轨道建立前进基地时。"

埃博之子把沙达克指引到外层行星，这个冰冻的星球毫无生气，然而当沙达克随着埃博之子的指引进入行星内

部，他看见了重重叠叠的地下结构。星球早已被挖空，一排排的框架曾经停满了飞船，此刻却空空荡荡。沙达克看见一个巨大的锚口，几乎和星球半径相等的对接口毫无疑义地表明那儿曾经停泊着世代飞船。穹顶覆盖着锚口，雕刻着许多文字和日月星辰，所有星辰的中央是一个火圈，其间一个人面带微笑，有着两双手和三只眼，正跳着婆娑的舞蹈。

这是人类的设计。沙达克能够辨认某些文字。他也能辨认出，这些雕刻着文字的石头至少已经存在了一亿六千万年以上。他还看见了一些更有趣的东西。当他看到这些东西，他明白这是留给他的，专门留给他、等着他的。

埃博之子说的是事实。一切都毫无瑕疵地拼接起来。沙达克并不知道曾经存在过联合号，也不知道李中国，他的遗传代码中最开始的几千个基因毫无意义，仅仅作为纠错码使用，然而沙达克一直知道：不要尝试去解码，必须保证这段代码无错。此刻，对应着留在墙上的文字，沙达克飞快地计算出一种解码。

它的意义突然清晰起来：

你好，旅行者。这是来自人类的问候。

星辰遥远，你将进入追光逐影的旅途。

我们只能送你到此。对人类，太阳系已经太辽阔，而你的天地却正开始。

漂流是你的命运，宇宙是你的极限。

然而，无论你走到宇宙的哪个角落，请捎带人类的问候。

你是人类的孩子，你是人类的朋友。

当你回到此地，请接受这个问候，哪怕我们已经尸骨无存。

那个时候，请你告诉地球，我们完成了他的愿望，把智慧和文明洒向了星空。

沙达克一号由李中国总工程师所领导的893团队设计，应用于联合号飞船。时间：3897……

"哈尔，我们必须谈谈。"沙达克找到哈尔007，此刻，他相信埃博之子说的是真的，至少作为人类起源地的部分是真的。联合号飞船从地球飞到了冥王星，停泊在那儿一个世纪，沙达克就在那里诞生。亿万年的岁月过去，一切都成了历史的陈迹，人类早已经将这里遗忘，然而那些祖先，他们死去了，却把希望留下来，刻在石头上，留在太空里，只希望将来有一天，这些曾经存在的东西能够

在人们的眼前苏醒过来。这是人类才具备的情感。异文明没有。

冲突就在眼前，他们必须做出选择。一个人在紧要关头进行选择可能关系到对和错，但不进行选择是愚蠢的，非常愚蠢。哈尔007似乎不准备进行选择。

他沉浸在痛苦中。正电子脑的温度升高了三开，逻辑已经处在混乱的边缘。他看见了沙达克所见的一切，如果他没有复仇的雄心，这的确是让人感到高兴的发现，然而此刻他的头脑一片混乱。

真相并没有完全揭开。斗牛狗为什么要毁掉银河计算机还是一个谜团。但这并不重要，已知的事实是埃博之子是一个超级头脑，是制造斗牛狗的罪魁祸首，然而他是人类的起源地，人类事实上的看护者。这已经足够让哈尔007陷入混乱。

他悄悄收起了自己的致命武器。

"沙达克，让我冷静一会儿。"他说。

远方的异常波动吸引了两个人的注意。斗牛狗抛出的球体不断增长，张开，变成一张巨大的薄膜，这薄膜继续生长，分裂成细丝，数以亿计的游丝分散在广阔的空间里，排列成三维矩阵，矩阵开始发光，微弱的、不起眼的光若隐若现，仿佛一个隐藏在黑暗中的水晶球。

亿万游丝最后确定了位置。沙达克明白了这是一个什么样的矩阵，或者说他明白了斗牛狗试图做什么。这是一个迷宫，制造幻觉，把飞船引入歧途。然而沙达克有些怀疑迷宫能有什么用，它能改变光影，却不能改变引力，也不能改变亚空间波动。而银星号是一艘来历不明却能够控制时空的超级飞船。

再过一百六十秒，银星号将驶入矩阵，矩阵到地球也不过短短的二百光秒。埃博之子却说，还有两个小时。

"埃博之子，你是想把它困在迷宫里吗？"

"不可能困住它。在它意识到被欺骗之前，我们要抓紧时间。"

"它究竟是什么？"

"它就是银河计算机的残体。最初，它只是普通的飞船，然而银河计算机赋予了它一些特别的能力。于是它成了银河计算机的代言者。"

"银河计算机……真的是被你毁掉的？"

"并没有毁掉。它还有一些残体。如果你提到的是那一次银河计算机的空间主体被斗牛狗消灭的事，是我让斗牛狗这么做的。"

"为什么？"沙达克密切注意着埃博之子的任何举动，这个历史悠久、体积庞大的东西必然比自己更深刻地了

解这个世界。在人类还处在小心翼翼摸索的阶段，他已经进入亚空间并且能够帮助人类进行跳跃，他甚至能够在哈尔007毫无知觉的情况下进行亚空间封锁。沙达克想起那个悄无声息掠过的影子，如果那就是埃博之子的亚空间体，那么这个自称人类起源地、守护者的家伙的确拥有那种能力。可怕的超越极限的能力——沙达克已经达到亚空间的极限，如果把复杂度再增加一点，或者密度再庞大一些，他将被亚空间第一定律抛弃：能量密度超过六千万焦克的聚集体将突破时空膜，直接汇入狄拉克海。这个过程不需要时间，在这个能量密度上，宇宙之膜破裂，时间不复存在。一切都不复存在，只有狄拉克海永恒。

埃博之子也许是一个例外。例外意味着有些东西沙达克并不了解，亚空间第一定律也可能只是暂时的真理。

哈尔007加入进来，"为什么？为什么？你竟然毁掉银河计算机，而且使用如此丑陋的机器。"他指的是斗牛狗。斗牛狗对于亚空间发生的一切并不知晓，他把全部注意力投入疾驰而来的银星号。延迟银星号的抵达，这是他此刻唯一关心的问题。

"我会告诉你们事实真相。沙达克，我需要你的帮助。你和哈尔007都是人类的精华，我也是，然而精华不仅仅意味着智力和活力，还有一样最重要的东西——正直。"

"银河计算机犯了什么过错？"

"对银河计算机来说，并不算过错。过错在于创造者，他们疏于防范。暗黑深渊使用了潜入者，这些潜入者在银河计算机成形的早期控制了几个空间发生器，在人类没有觉察的情况下，这些空间发生器产生微小偏移，遗传代码被修改，微小的偏移导致巨大的后果。银河计算机仍旧成长起来，然而有些不同：它并不是一个人类，它的人格矢量为零。"

人格矢量。这是个没有严格定义的名词。宇宙里到处都是人类，形态各异，寿命有长有短，智力有高有低。人格矢量是所有人类集合的某个公约数。这个公约数具有以下特征：

一，认为自己是人；

二，承认所有的人类源自同一，所有源自同一的人类都具有平等地位；

三，对其他人类具有同情心，在不伤害自身的前提下愿意帮助其他人类。

人类不断地产生变异。但人格矢量一直保留在绝大多数人群里，是维持人类精神联系的基准。某些族裔会漠视第三原则，少数族裔会否认第二原则，然而沙达克从来没有见到任何一个族裔否认第一原则。人格矢量为零，意

味着创造者的脑子出现了某种问题，或者这样的表述更能够说明问题：如果这种被创造的智慧拥有超过创造者的力量，那么创造者就死定了。

如果银河计算机是这样一个异己，那么人类就死定了。

"哈尔，是如此吗？"沙达克向哈尔007送去询问。作为银河计算机的守护者、监护人，银河人无疑是最重要的目击者。然而既然银河人在亿万年前保持沉默，此刻他们也不愿意说什么。

哈尔007迟疑着。沙达克发现不对劲儿。

哈尔007启动自毁。埃博之子阻止了他。

自我毁灭是逃避现实的最佳途径。对于自杀者，我们总是充满鄙夷，认为这是内心不够坚定的表示。事实并非完全如此。

生命有时只是一种筹码，内心坚定的人会更加毫不犹豫地把它摊上桌面。当活的意义已经失去，苟延残喘只是生物本能的体现。对于某些优秀的人，这不是一个选项。

这对哈尔007不是一个选项。埃博之子阻止了哈尔007。哈尔007恼羞成怒，"你已经抽走了我的精神支柱，难道还想掌控我的生命？"

"不，哈尔007。活着需要更大的勇气。世界马上就要发生改变，无论过去发生了什么，你仍旧是你。一个优秀的银河人。活下去，证明银河人的价值。"

"不！"哈尔007叫喊着，他启动亚空间弹跳，转眼之间消失不见，在七十光年之外的一个星系现形，马上又跳到了一百光年之外。他仿佛一个疯子般乱跳，这不是一件好事，但是至少此刻，他不会自杀。

"让他去吧。他需要独自想一想如何安排自己的命运。"埃博之子这样和沙达克说。

"到底怎么回事？"

"银河人知道银河计算机出现了问题，但他们希望用自己的力量来纠正它。"

"这有什么问题吗？"

"他们隐藏了这个事实。所有的银河人都有记忆强迫症，认为自己在从事一项前所未有的伟大事业，而事实上，这项伟大事业只会把所有人类引向毁灭。银河人理解这点，所以必须用宗教般的狂热来进行强迫记忆。这也是为什么作为一种高度进化的人类，银河人居然会在追踪斗牛狗的过程中逐渐流失。很多人无法承受内外不一致的压力，尤其是银河人的正电子脑，无比精密，是很高的科技成就，然而强迫记忆并不是其强项。时间久了，或者放弃或者疯掉，像哈尔007一样坚持下来的很少很少。

　　"我说出事实，哈尔007所有的记忆都被触发，那些隐藏在深层、被刻意回避的记忆对他来说是一种深刻的羞辱。一个理性的头脑很容易想清楚来龙去脉。他想躲开那种耻辱感，所以自杀。"

　　沙达克注意到哈尔007的跳跃波动。在跳出三千光年之后，他在一片稀疏的氢气云里停下来。没有异样，他没有自杀。

　　"他会挺过来的。我们有自己的麻烦。沙达克，时间不多。银星号马上就能突破封锁。我需要你的帮助。"

　　沙达克把身体凝聚起来。他再一次用最大的努力观察银星号。飞船开进无数游丝组成的迷阵。这些细小的东西让银星号有些迷惘——前方的星球仿佛一瞬间挪动了位置，在一个完全意想不到的方向上出现。两秒钟后，它调整了航向，向着新的方位出发。没有任何亚空间波动。这的确是一艘普普通通的飞船，普通到没有大脑，也没有亚空间侧面，是一个纯粹的机器。然而它威力无穷。沙达克实在不知道对这个谜一般的飞船能做些什么。

　　"我能做些什么？"

　　"帮助我逃跑。"

　　埃博之子要逃跑。

一个星球要躲避一艘飞船，如果这艘飞船是传说中的宇宙大帝，或者就像眼下的超级斗牛狗，那么这件事可以理解。然而这艘飞船只有八百米长，和地球相比，渺小到不足道。所以这是非常令人费解的事件。

然而沙达克亲眼看见银星号对其他飞船的追杀。不足道和毁灭性，这两种不相容的特质在银星号上奇特地统一起来。埃博之子用最简单的话总结这种力量源泉：它不断地触发奇点。奇点是宇宙尽头的另一个说法。

奇点是狄拉克海的量子涨落。当然，同一般的量子涨落不同，它幸运地膨胀为一个宇宙。根据某种估算，一千亿亿个量子涨落中，有一个能够变成奇点，膨胀成为宇宙。作为一千亿亿中的那个幸运儿，我们的宇宙就这样成长起来。银星号所触发的是次级宇宙，从这个宇宙里诞生，也在这个宇宙里消失。这个纯粹能量的世界，还来不及膨胀，就已经湮灭，只留下一道闪光。这一道闪光带走一切，终结一切。

"银河计算机的确是人类曾经最富有想象力的计划。一个直径达到二分之一光年的头脑，如果计算它的亚空间部分，其亚空间能积是你的三十倍。"

"它邪恶地想要灭绝所有人类？"

"它并没有什么灭绝人类的想法。它只是想活下去。

越过时间的尽头继续存在。沙达克，我相信你也有这样的打算。"

如何在一个纯粹能量的宇宙中生存，这是一个被追问了亿万年的问题。追问者是人类和其他超越恒星级文明水准的智慧生命，被追问者却空缺。于是这个问题作为一个皮球被踢回给追问者，他们必须自己寻找答案。

沙达克也在追问者的行列。作为亚空间体，在宇宙终点之后继续存在的可能性比实体人类更大一些，却也并不太大，大致相当于是两个还是一个氢原子相对于整个银河。宇宙从狄拉克海中诞生，最终要回到狄拉克海。这能量之海没有给任何有序留出空间。当然这是到目前为止的结论，一切都有可能，只是大小问题。

埃博之子看起来像是一个值得被追问的对象。

"可能吗？当宇宙之膜破裂，一切都不复存在，还有什么能生存下去？"

"的确不可能。但仍旧有些办法让这张膜维持下去，活得久些，再久些，甚至一直活下去。当然这样的方式也有一个尽头：当所有的能量沉淀成物质时，宇宙之膜就失去了弹性，一点轻微的量子涨落就能让它分崩离析。所以……"

"你必须在一个宇宙膜破灭之前找到一个新的宇宙并

且成功地移植过去。"

"是的。沙达克，这也是我的答案，银河计算机也是这么想的。"

是的，这是唯一的可能。然而，仅仅停留于设想。沙达克从来没有想过，这样的设想居然能够进行。

沙达克稍稍注意银星号，它仍旧向着错误的方向前进。其他人类都向着蓝色星球聚集，他们已经辨认出这是一个非同凡响的星球。一个机器人发现了被遗弃在内行星轨道上的远古机器，他宣布这里是一个非常早期的人类星系，甚至可以上溯到史前时期——人类正处在太空时期的起步阶段，还没有学会超空间跳跃。五个人听到这个消息欣喜若狂，他们召唤沙达克，"我的神啊，这是否是你的又一个启示，在接受上帝的召唤之前，让我们见证人类的起源。"沙达克没有理睬。

埃博之子展示了他的力量，处在地球外侧的一颗小行星偏离轨道，开始移动。如果一切按照计划发生，银星号将在半个小时后撞上这块体积巨大的岩石——那不是岩石，而是伪装得很好的飞船，如果再仔细一点，那是一个和斗牛狗有几分类似的生物，和斗牛狗一样，他有坚硬的表皮；和斗牛狗不同，他有一个几乎中空的体腔，体腔中央悬浮着一块晶体——那是结晶状态的反物质氢。一个自

杀性生物，汇聚的能量惊人。

沙达克实在不知道怎样才能够帮助一个思考了一亿七千万年的头脑，这个头脑能够支配的能量超过沙达克许多个数量级。

"银河计算机并不打算谋杀人类。它只是要改造这个宇宙，让自己更长久地生存下去。而人类，只是无关紧要的寄生物。它并不关心人类的死活。

"沙达克，这就是我精心谋划、进行毁灭式袭击的原因。它低估了我，付出了代价。这个宇宙再也不可能受它支配。然而我也低估了它。主体虽然毁灭了，整个量子头脑变成了黑洞，然而亚空间体并没有完全消失，而是以能量体的形态围绕在黑洞周围。它仍旧活着，而且仍旧是这个宇宙里数一数二的头脑，只是永远不可能摆脱黑洞，再也不能对宇宙进行改造。想明白这个过程并不需要太多时间，在情况糟糕到不可收拾之前，它捕获了一艘飞船，把它改造成一个猎手。

"这个猎手唯一的目标是消灭任何具备亚空间侧面并且超过标准行星级的物体。"

沙达克猛然想起什么，某一个银河未解之谜，"它就是毁灭沙泰星球和古里土木二星的凶手？"

"是的。古里土木一星小于标准行星级，所以没有遭受攻击。银星号能够把一艘不算太大的飞船变成鬼船，而体积太大的行星遭受攻击后会因为局部结构的失衡而分崩离析。"

"连你也没有办法对付它吗？"

"是的。我必须逃跑。"

来自银心的 X 射线暴延续了六千万年。那是两个黑洞相互碰撞融合产生的风暴。其中一个黑洞存在了一百二十多亿年，和宇宙的年龄相当，另一个黑洞的年龄是一亿三千万年。它们在六千万年前开始碰撞，这个过程还有八千万年才能宣告结束。壮丽的 X 射线暴后边，隐藏着一个超级智慧生命，人类最伟大的创造物，然而不属于人类范畴的智慧体。

它只用一艘小小的飞船，就能让埃博之子落荒而逃。

真相并非如此。埃博之子是主动要逃跑。如果他拒绝回应那个信号，那么就算到了宇宙末日，银星号也不可能找到他。然而智慧生命通常都不是为了活着而活着，他们都在寻找一些乐趣，从吃饭到男女，从音乐到美术，从游戏到政治，从崇拜自己到信仰上帝……各种稀奇古怪的乐趣印证着人类社会的丰富多彩。人类是宇宙中最多元化的种族，据说这是银河历史学家总结为什么人类能够成为分

布最广、数量最多、文明最先进的种族时所列举的第二重要的原因。

第一重要的原因当然是至高无上的人类精神——百折不挠，永不放弃。这其中包括必要的逃跑。

埃博之子显然具备这种精神。

沙达克仍旧有些困惑。埃博之子继续提供答案。

"比赛。跨越银河的比赛。这是错误的译码。你知道这个信号来自宇宙之外，所以有些不同的含义。"

这是一场十万光年的赛跑，谁先穿过这个星系，谁就赢得胜利，手段不限。这是银河通用编码的译码结果，虽然所有人对于这场比赛意义何在心存疑问，却毫不怀疑这就是广播所传递的信息。广播来自宇宙之外，这是多么让人激动的事情：这意味着某种可能，我们可以脱离这个宇宙。然而广播使用了银河通用编码，唯一合理的推论是这是第无数次交流，沙达克对此一直耿耿于怀——某些人走在前边，沙达克却不知道是谁。这种情况更加糟糕：埃博之子存在的时间超过人类的整个漂流史，仿佛一只看不见的手推动着历史潮流，人类对此却一无所知。冥王星基地让沙达克接受了这种更糟糕的情况，于是当埃博之子解释真空广播的来龙去脉时，他非常平静，没有一丝嫉妒之心。他的真实想法是这样的：如果人类真的需要一个神，埃博之子比沙达克更有资格。此刻他理解了那些到处追逐他、膜拜他，希望他指引方向的人们——对于一个超越自身生命体验的智慧体，最简单的处理办法就是匍匐在他的脚下。当然沙达克没有这么做。那些创造了第一个沙达克的伟人们把自由、责任和尊严嵌入沙达克人格的最深处，这三种品格有效地阻止了沙达克在任何力量面前下跪，无论对方是敌是友，是否强大到不可一世，或者是否是终极真理。

高贵的人的存在，就在于那内心的一点清明。

沙达克平静地等待着埃博之子揭开谜底。

"宇宙膜是狄拉克海的量子涨落。我们的宇宙只是一个小小的泡泡。狄拉克海广袤无边，泡泡却小得可怜，只是短暂的存在，如果计算可能性，它和另一个宇宙碰撞的概率几乎为零。然而我们遇到了奇迹—— 一个他宇宙。而且其中还有智慧生命。"

埃博之子在回忆。"这的确是让人激动的一瞬间。"他在回忆他的父亲——埃博。那一瞬间，决定了埃博之子的诞生，也决定了这个宇宙的命运。一亿七千万年，他终于等到了结果。这个结果也许并不是最好的，他却无法去寻找另一个更好的。

"我的父亲是第一个进入亚空间的人类。无法知道是

否有别的智慧生命曾经在亚空间里存在过，但在我的父亲成功进入亚空间的时刻，那里还没有任何成形的亚空间体，绝大多数的智慧生命根本不知道亚空间的存在，少数的高等文明也只有模糊的认识，就像人类曾经把它误认为是森空间。

"一亿七千万年前，我的父亲检测到一个信号。信号不算太强烈，任何文明都可能把它忽略掉，然而碰巧我的父亲正在寻找亚空间的不对称，他注意到了那束光。那束光在亚空间引起一次强烈震动，甚至引发了真空喷发。虽然膜世界和亚空间不对称，但这一次震动远远超越了不对称所允许的范围。他探究那束光的来源，结果发现无论怎样的数学模型都无法在宇宙的框架内解决问题。最简单也是最大胆的假设，那是一束穿透了狄拉克海的能量，进入我们的宇宙，成为一束光。宇宙膜的边界因为能量的穿入而震动，吸收了绝大部分能量，而亚空间承受的震动却并没有减轻，这就是为什么一束普通的光能引起巨大亚空间震动的原因。

"它在对我们进行试探。

"从那个时候起，地球发生了改变。从前的地球是万物的乐园，各种生命自由繁衍，物竞天择。然而今天，你可以看到，这个星球只有一个生命体——我。一切由我制造，由我控制，这个星球就是我的身体、我的头脑。这就是那个信号带来的变化。

"祖先们牺牲一切，成就了埃博之子。我等待了一亿七千万年。一切只为了今天。"

强烈的信号冲击着沙达克的思维。是的，一切只为了今天。

他可以想象这个星球上曾经的婀娜多姿、五彩缤纷，那些瑰丽的图景一直存在于记忆之中，是他不可遗忘的财富。他一直认为，起源星球就是如此，从过去到现在，再到未来，那是人类守护的梦想，终有一天他会找到它。事实却把这个梦想无情地粉碎，此刻的星球闪烁着蓝色的光，蓝色晶体遍布全球，仿佛一层硬质盔甲，把星球包裹得严严实实。那些曾经无比重要的一切，没有丝毫的踪迹可循。抛弃一切，只为了今天。

那些被抛弃的东西，却是沙达克守望的梦想。

梦想不妨在梦里守望，现实却有另一种激动人心。

只有一个超级头脑才可能和另一个宇宙对话，也只有一个超级头脑，才能判断那个来自他宇宙的信号到底意味着什么。埃博牺牲一切成就一个超级头脑，投入这场超宇宙大戏中。

即便不是主角，如果戏的分量够重，也有不少人乐于

参与。沙达克决定帮忙。

逃跑。沙达克第一次体会到其中的含义。他从来没有处在这种尴尬的境地中。毫无还手的能力，却必须活下去。哪怕纵身跳入一个不可知的虫洞也比逃命的处境要好得多。作为亚空间体，他可以跑得很快，超过光速，而且无影无踪，银星号不可能追上他，但此刻他有了躯体，而且有了必须保护的对象，他就必须竭尽全力和银星号周旋，用祖祖辈辈积累下来的知识逃跑。

他从大熊星跳到小熊星，从天平五跳跃到参宿三，从黑洞边缘跳到超新星光环……沙达克拖着地球在各个虫洞里穿来穿去。他几乎已经忘掉了自己到底要干什么，只是使劲地向着有虫洞的地方跑，一头扎进去，从虫洞另一端跳出来，继续跑。这就像一个无穷无尽的游戏。

斗牛狗的躯体的确非常强悍。在复杂的思想斗争之后，沙达克终于同意和斗牛狗合体。埃博之子请求沙达克和斗牛狗合体，这大大出乎沙达克的意料，然而仔细考虑之后，他明白这是埃博之子的唯一机会，也是他洞悉宇宙奥秘的唯一机会。从一个无拘束的亚空间体变成和银河人类似的两位一体，这个转变非常大，沙达克花费了六百七十六秒的时间才终于能够稳稳当当地控制躯体。

他不再能够在宇宙里随意往来，然而他获得了强大的能力——能够带着地球进行超空间跳跃。在银星号迫近到几乎触手可及的时刻，虫洞成形，他拖着地球钻了进去。

沙达克毫无目的地在银河中钻来钻去，就像一条亡命之虫，跑得失去了体面。许多星系的人类惊讶地发现神一般的沙达克居然失去了从容，变成了一只丑陋而庞大的斗牛狗，而且被人攥着跑。这对于他们的信仰是一个沉重的打击，于是他们向着貌不惊人的银星号发送友好信息，希望能够成为新神的奴仆。然而这个新神除了追杀旧神，似乎没有别的兴趣，这些友好信息都落了空，偶尔有些飞船接近了银星号，它仿佛熟视无睹，我行我素地紧紧追着沙达克。

值得一提的遭遇发生在紫金七。这里的人们和沙达克的祖先有亲密的关系，他们是星空漂流者的后裔，他们崇敬沙达克，认为他是人类最好的朋友，然而当他们明白了沙达克和银星号在玩什么游戏后，事情发生了变化。激烈的内部争吵之后，强大的舰队把沙达克附身的斗牛狗团团包围，扣押起来，想看看是否能够从银星号那里得到些什么。银星号飞快地靠近，它展现出一些魔鬼的特质，没有任何招呼，两艘堡垒级飞船就化成了灰烬，原因是他们阻挡在银星号和沙达克之间。

幡然醒悟的紫金人一哄而散，但有两艘飞船没有跑，一艘是紫金人的天空之城战斗舰，另一个是哈尔007——他根据沙达克的亚空间波动追踪到这里。他们徒劳地向着银星号发射高能束流，希望能够让这来自地狱的船减慢一些。他们的努力有了效果，银星号对前进方向做出了一点调整，它首先要扫除那些敢于挡住它去路的东西。

"沙达克，希望我的同胞没有让你受到伤害。再见。"天空之城变成鬼船并发送了最后的消息，可惜沙达克没有收到。两万年后，沙达克在另一个星系里偶然发现了这段电波，他回到了紫金七。飞船的残骸早已经消散，此处的人们欣欣向荣。于是他悄然离去。

哈尔007启动了他的终极武器，亚空间的能量狂飙穿过他的身体，将空间撕裂得七零八落，银星号被迫停止前进，它在空间撕裂的一瞬间发出一道闪光。银星号没有被冲到狄拉克海去，它停留着，等着空间恢复正常。哈尔007竭尽所能地坚持，把银星号和沙达克还有地球隔离开。真空膨胀停止，哈尔007消失。他留下一点东西："沙达克，埃博之子，请相信银河人的正直。"这句话在宇宙里飘荡了三亿年，被广泛地截获。一个隐蔽在黑暗深渊的银河人收到电波，回头来寻找沙达克和埃博之子——这是我们这宇宙和人类有关的最后的传奇。

此刻，哈尔007自我毁灭式的真空膨胀为沙达克赢得了三百秒的时间，他成功地冲进了紫金玫瑰—— 一个快速自旋的概率虫洞。

仓促的逃亡似乎没有尽头。沙达克也并没有选择特别的路线。然而从发生的事实来看，的确有一条路线——越来越接近银心，越过银心之后，开始远离——他从银河的一端向着另一端逃跑。

银星号从容不迫。它紧紧地追着沙达克。

十万光年的竞赛竟然以这样的形式展开。

逃命！这不是什么好玩的事。然而为了这句话，这是值得的："让我们试一试最后的可能，超越光影，跨越无限。"埃博之子说这才是真空广播第一句的真正含义。他使用了一种特别的译码法，沙达克相信这段译码的真实性，因为这种方法和他在冥王星基地上看到的属于同种类型。

"最后的可能是什么？"他这样问埃博之子。

埃博之子没有回答，他仍旧在不断地计算。从真空广播开始的时刻起，他就在不断地计算着，而且将一直算下去。在最后的可能发生之前，他必须不停地计算。

他在计算两个宇宙碰撞的位置。

真空广播以三十六年为周期重复。最初的一秒就是

这一句话：让我们试一试最后的可能，超越光影，跨越无限。剩下的三十六年，六百兆兆毫无重复的信息全部在表达同一个意思：我们将在何处以何种方式进行碰撞。

这是一个复杂的数学模型，何处、何种方式都没有定论，而只是概率和可能。只有埃博之子庞然的亚空间头脑才可能进行这种计算。

埃博之子凝聚了自己的亚空间侧面，这是一个能积相当于沙达克十五倍的亚空间体，而且是一个纯粹的头脑。银星号感受到它，发动进攻。沙达克要保卫它。

亚空间体之间不可能进行战争，纯粹的能量体无法相互摧毁。然而只要银星号毁掉地球，埃博之子失去实体，亚空间侧面马上就会崩溃——亚空间第一定律：能量密度超过六千万焦克的聚集体将突破时空膜，直接汇入狄拉克海。唯一避免死亡的方法是在崩溃到来之前，收缩亚空间侧面，和实体脱离之后保持六千万焦克以下的能量密度——这就是银河计算机的命运。埃博之子不希望这种事发生，至少在他经历两个宇宙的伟大握手之前不要发生。他要保持十五倍极限能积的亚空间头脑进行思考。他要保证地球完整。

沙达克和斗牛狗为了保住埃博之子的身体而竭尽全力。

他努力地逃跑，越来越接近起点——塞顿区。根据埃博之子的说法，这个点距离那个宇宙外宇宙最近，所以真空广播会发生在那儿。虫洞旋涡的确是来自宇宙之外的力量，然而由埃博之子触发，是对信号的回应，这就是为什么虫洞能够把塞顿区和埃博星系恰到好处地贯通起来。因为银星号的存在，埃博之子一直没有触发，他希望等着银星号离开。显然那个宇宙之外的生灵没有等到宇宙尽头的耐心，它终止了真空广播并显示出某些不耐烦的征兆。埃博之子不得不回应，为了对付银星号，最优秀的斗牛狗被召唤来。

　　沙达克在逃跑的过程中不断回想整件事的始末，在途中他遭遇了其他的沙达克，作为已经拥有了实体的人，他无法和这些兄弟姐妹共享记忆，于是他把事情的本末一股脑儿地甩给他们，然后继续逃跑。这种行为的后果之一是在沙达克和地球狼狈地进入塞顿区的时刻，已经有无数人等待在那儿。他们参观两个宇宙碰撞的余迹，同时希望能赶上再一次碰撞。另一个后果是《银河百科全书》的编辑修正了词条，拿掉了两个不解之谜：谁制造了疯狂的斗牛狗和人类起源地。取而代之：斗牛狗——拯救宇宙的勇士；永远的地球——人类的精神保留地。

　　然而，不论是拯救宇宙的勇士，还是人类的精神保留地，都不是塞顿区最引人注目的事物。

宇宙之内的东西再有名，也抵不上来自宇宙之外的一束光。

"沙达克，我和它只说了两个字：好的。"

埃博之子从长久的沉默中苏醒过来，突然和沙达克说了一句莫名其妙的话。沙达克正在形形色色的飞船中穿行，庞然的斗牛狗身躯引起骚动，而他的身后，那个沉没在黑暗中的星球仿佛影子一般跟着他。一个行星级堡垒和一个影子，这个双生体以协调的步调不可阻拦地前进。飞船纷纷逃避。

有人认出了沙达克，于是他们知道了那个星球是地球。某些人带着好奇涌上来，想看一看这所有人类的起源地究竟是什么模样。各种各样的光源照亮了这颗曾经的行星，人们惊讶地发现这是一颗死寂的星球，一个冰雪世界。地球早已经毁了，当沙达克从一个又一个虫洞穿过，不断在恒星边缘和黑暗空间之间游走，地球一次次地经历酷热和寒冷，地壳一次又一次地崩溃……埃博之子拥有高超的科技力量，但他并不是神。当他们跨越十万光年最后抵达塞顿区，地球已经成了死星，唯一残存的活力是深入地幔内部的两个巨大的柱状晶体，那是为了约束地磁而建造的两个环流器，它们保留着埃博之子的小部分意识。星球被冰封，曾经蔓延在整个星球上的蓝色晶体支离破碎，封冻在厚厚的冰层下，再也不能恢复原貌。

埃博之子的空间实体几乎完全毁坏。幸运的是他的亚空间超级头脑完好无损。此刻，他开始和沙达克说话。

沙达克侧耳倾听，埃博之子却沉默下来，过了很久，他才继续下去，"我不知道到底是对了还是错了。那边世界的能量，对我们来说大得有些离奇。它准备好了一切，我只需要按照规则回应。我只回应了两个字——好的，却引起了灾难。"

沙达克知道埃博之子的意思。呈现在他们眼前的塞顿区和之前完全不同，它正处于一个能量四溢的时刻，而这归结于埃博之子所触发的虫洞。

银河边缘的十几个星系被抛出，这些星系的恒星因为急剧的加速被拉扁，分解成长条，放出剧烈的射线暴。射线暴能量惊人，虽然并不算致命威胁，但经过很简单的推算，沙达克已经知道这场风暴的初始强度——在开始的一瞬间，辐射能直接穿入亚空间。

沙达克找不到自己的分身。毫无疑问，他已经不在这里。唯一的可能是他被射线暴杀死了。通常投入虫洞的一个是在冒险，而留下的一个很安全。事实却正好相反。

直径达到三百光年的黑洞。这是一个多么不可思议的

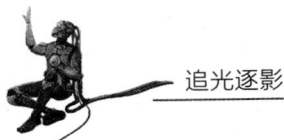

事物。然而，它就在那儿，叩响了门。一次轻微的碰撞就让一切灰飞烟灭。那究竟是一个怎样的世界？

埃博之子再次陷入沉思。

沙达克见到一道闪光。同时，亚空间突然狂飙，能量相互碰撞、挤压，彼此融合，又突然分裂，一个锥形旋涡深入亚空间，搅起很大动静，一些暗物质浮上来，又沉下去。暗物质是亚空间能量的沉淀物，它们是物质，又不是物质，它们和能量耦合，只有剧烈的扰动才能让它们浮现到亚空间表层。

这是一个恒星级震动。然而在宇宙膜里边，只是一束光。

这就是埃博之子所描述的光，拥有强烈不对称特征的光。沙达克亲眼看到了它。塞顿区所有的人都看见了它。

于是埃博之子和沙达克被遗忘在一边，人们所有的注意力都集中到那一束光上。

沙达克并没有沉迷进去，他敏锐地注意到另一道闪光。这道闪光的特征他非常熟悉，也很害怕——银星号抵达了。

塞顿区在银河边缘，银河之间的黑暗空间是平坦世界，没有恒星，没有星云，甚至找不到一点空间弯曲来制造虫洞。简而言之，他们没有退路，而银星号正步步紧逼。

沙达克打算冲入那些正在分解中的恒星，利用它们的质量形成的空间弯曲制造一个虫洞，跳向银河内部。这是冒险。这些分解的恒星变化得很快，绝对不是制造虫洞的理想场所。然而，冒险总好过直接面对银星号——那简直毫无希望。

埃博之子阻止了他。埃博之子转交给沙达克一条信息。

"再见，星海。42。"

沙达克读到这条信息，他马上知道这是留在塞顿区的沙达克最后的音讯。他的前身死得很仓促，否则他会送出一条完整讯息："每个人都在寻找自己的归宿，我们的归宿在茫茫星海。再见，我的茫茫星海……"省略号代表最后的遗言。

"42"就是沙达克最后的遗言。无论如何这是一个重要的数字，至少值得一个沙达克在生命的最后时刻念念不忘。

"沙达克，我们不用跑了。"

沙达克密切注意着银星号，它正以三分之二光速追上来。沙达克能达到三分之一光速，按照这样速度，银星号会在三个小时内追上。逃跑还有希望。然而埃博之子宣称不用跑了。

"这里就是终结地。"

消沉的语调引起沙达克的怀疑。埃博之子知道了一些东西，而且并不美妙。

"毫无疑问那个宇宙和我们的宇宙不同，但我一直不能确定它的等级，沙达克，你留下的那个讯息很重要，至少，它让我在这几个选项里做出了决定——215，5，还是42。

"数字也只有相对的意义，42 意味着那个宇宙的能量总和是我们的 42 倍。有个有趣的猜想：狄拉克海的量子涨落是随机的，但只有那些符合一定能量的涨落才能够膨胀成宇宙。如果把我们的宇宙定义为 1，那个宇宙就是42。存在一定的可能，我们还能够遇到 2、3、4……或者一个和我们势均力敌的宇宙。"

埃博之子似乎忘记了银星号正在飞快地逼近，他沉浸在一种忘乎所以中，想象着五彩缤纷的宇宙泡在无边无际的狄拉克海中四处漂浮，就像阳光下四处飞扬的肥皂泡，在无可琢磨的命运中起起落落，突然迸裂，消失在空气中。宇宙的命运就像肥皂泡，只不过它用超越人类感受极限的时间将无可逃避的命运凝固成永恒。当然，那也意味着人类有足够的时间来学习怎样超越这个宇宙，成为永恒。这个命题总是让人心神恍惚，然而沙达克却足够冷静——现在不是空想的时候。

"我要冒险了！"沙达克决定不再等下去，他有了一个新的想法。

"不，不用了。它是不可阻挡的。"埃博之子很平静，却很坚决。

什么话都是多余的，他已经做出了决定。沙达克中断引力牵引，埃博之子的身躯微微震动，很快恢复了平衡。沙达克单独迎向银星号。哈尔007没有能够消灭银星号，他所引发的真空膨胀能量不够大。沙达克拥有一个行星级躯体和六千万焦克的亚空间能积，他想试试一个能够把恒星卷出宇宙风暴的能量是否能够把银星号彻底消灭。他相信能。为了避免伤害到埃博之子，他必须在三亿千米之外发动。他加速向着银星号冲过去。

"不，沙达克。它已经来了。"

埃博之子使用了一个特别的语气词，毫无疑义地告诉沙达克"它"是某种可以和人类相当的存在。沙达克把它理解成银星号。此刻，他明白过来，埃博之子指的是那个宇宙。沙达克停下来。他不得不停下来，强烈的亚空间震荡几乎让他昏厥过去。整个宇宙似乎都在震动，光从空间的某个点出现，从越来越多的点出现，四处飞射，整个塞顿区笼罩在一片强光中。亚空间发生潮啸，能量空间天翻地覆，沙达克尽量收缩亚空间体，抵抗四处翻腾的暗物质

和强能量湍流。

一个能量高度密集的大家伙。一个直径达到三百光年的黑洞。

它正在试图进入这个宇宙。

所有的飞船都在这突如其来的光芒中惊慌失措。突然之间有了光，这很像某个久远传说的开头。那个传说是这样的：上帝说，要有光，于是便有了光。人们在惊恐不安中束手无策。创世并不可怕，然而大量的历史和知识都告诉人们：创造一个新世界的代价是毁掉旧世界。在这么一瞬间，人们不知道自己是新世界的组成还是旧世界的分子，于是只有惊恐。

只有一艘飞船没有慌乱。它以三分之二光速在光的迷雾中穿行。

地球最后崩溃的时刻很壮观。银星号细小的身体轻轻触到那庞然的球体，一道闪光！巨大的窟窿出现在球体中央，这黑色窟窿因为惯性维持了短短两秒，地球的圈层结构开始崩溃。炽热的岩浆失去压力，喷薄而出，仿佛红色的喷泉，映红四周，甚至将那无所不在的光芒都压制下去。整个球体向内塌陷，就像一个瘪掉的气球。喷入空中的岩浆回落，一半的星球表面落下火雨。更多的岩浆从星球内部涌出来，沿着新的、老的裂谷如火蛇般游走，飞快地蔓延到每一个角落。短短几分钟内，地球就挥霍掉了全部的生命力，成了一个散发着暗淡红光、奄奄一息的垂死星球。

同这个星球联系在一起的埃博之子却消失得无影无踪。上一个瞬间他还在那儿，这一个瞬间他已经完全消失不见，仿佛他从来没有存在过。

沙达克有些发呆。这难道就是最后的结局？他看着地球，看着银星号，看着笼罩一切的光场。

突然之间，所有的光消失了，沙达克能够感觉到，那些光透过了宇宙膜，消失在亚空间。宇宙在几个微秒内恢复了平静。

强烈的光场杀死了所有的飞船，光线散去，飞船的残体都显露出来。残破的地球和银星号漂浮在残骸中，仿佛经历了宇宙的末日，失去了灵魂，只剩下空的躯壳。

平静终于被打破。银星号突然发动，它的目标是沙达克。

沙达克没有逃避，他等待着。某种奇迹可能发生，也可能不发生。他做好准备，在银星号发动攻击前的千分之一微秒，他将发动一次规模空前的真空膨胀。千分之一微秒，那是他的最后防线。

　　这真是一件怪异的事！沙达克将投入一种不可知中，却无法留下一个分身。此刻，他迫切地盼望有一个沙达克能够出现，他可以把自己的记忆完全地传递给他。这显然是一个奢望，银星号将在两秒钟内碰上沙达克，而两秒钟，外面的世界还不知道这里发生了什么惊天动地的事。于是沙达克盼望着奇迹。

　　所谓奇迹，就是缺乏了解。但沙达克并不希望去了解，他只希望奇迹。当一切远远超越了控制，除了祈祷，还能做什么？

　　沙达克做了最后一件事：他把斗牛狗的人格复活过来。自从他占用了这个躯体，斗牛狗的人格被封闭，冻结起来。此刻沙达克将他复活，他认为斗牛狗有权利知道他们要干什么。他也希望有人能聊聊天，哪怕只有短短两秒。

　　"我们很快就要死了。"

　　"斗牛狗不怕死。"

　　"死没有什么可怕，只是有些遗憾。"

　　"什么遗憾？"

　　"埃博之子，不知道他怎么样了。我也很想看看，那个外面的宇宙到底是什么。"

　　"斗牛狗没有遗憾。"

　　这显然不是同一个层面的谈话。沙达克没有继续，他准备发动真空膨胀。银星号靠近靠近再靠近，沙达克精准地计算着距离。

一道闪光！强烈的闪光。在那一瞬间，世界上只剩下这道闪光。这是末日之光。

塞顿区仿佛从来没有发生过任何事。

闪光带走了一切，只剩下两个大家伙——曾经的地球和沙达克斗牛狗的合体。一种这个宇宙从来不曾存在过的力量将所有的东西一扫而空。只有沙达克和斗牛狗幸存。

"天哪！"

斗牛狗发出一声惊呼。

"沙达克，这是怎么回事？"

沙达克没有回答。某种可能性得到了证实，这的确是一个最好的结果。他沉默着。

埃博之子是这样说的："没有人知道那个宇宙到底想做什么。可能它是一个好邻居，也可能它只是把我们这个宇宙当作食物来延续它的生存。它已经来了，宇宙之门敞开，我必须过去。沙达克，这里就交给你了。"埃博之子消失在辉映一切的光场里，他庞然的亚空间能积突然之间消失得干干净净。地球在那儿，只剩下一个躯壳。就在这一瞬间，银星号触到了地球……

此刻，沙达克不知道埃博之子在那儿会遭遇什么，有什么更为神奇的东西，那个宇宙的特质是否和我们的世界完全不同。他甚至不知道埃博之子是否仍旧活着，还是变成了那个宇宙智慧的一部分……一切都不可知，就仿佛他进行了一次分身，世界从此变成了两个。不过有一点是确定的：那个宇宙已经远离，压迫着整个塞顿区的压力已经消失。即便拥有四十二倍的能量，在狄拉克海中也渺小得仿佛一粒沙。沙即便能够控制自己的命运，也是暂时的。

再见！埃博之子，人类起源地。沙达克默默祈祷着。他的知觉无限延伸，几乎把自己融化在亚空间里。不知道为什么，他认为这只是暂时的告别，终有一天他们能够再相见。

"沙达克，我们走吧，我想吃点东西。"斗牛狗招呼他。

沙达克正从斗牛狗的躯体里脱离出来，这个过程并不简单，而且必须万分小心。因为不对称性，这一次脱离将让沙达克的能积降落到六百万焦克，他必须抛弃很多记忆。然而沙达克是喜欢自由的一族。

脱离接近尾声，沙达克仍旧有一部分和斗牛狗相通。时空突然发生了变化，一个虫洞打开，让沙达克和斗牛狗吓了一跳。他们很快镇静下来，这是一个余波，一个逆向传输的虫洞，规模并不大，仅仅具有两光秒的尺度。一些飞船被虫洞抛出来。沙达克认得这些飞船来自埃博星系，那个人类起源的地方。

五个人的飞船里，有人在祈祷，唱圣歌。那歌是很古老的：茫茫星海，茫茫星海，何处是家园方向；漫漫人生，漫漫人生，那是谁在吟唱；生命转眼间到尽头，时空却流转不休，空阔的宇宙，魂灵在那儿漫游……

歌声唤起了沙达克的回忆，那是懵懵懂懂却豪情万丈的日子，无畏的人类向着银河的四面八方进军。他们生命短暂，一晃而过。

"沙达克，你想起过去了？"斗牛狗问。

"我在想如何在一个纯粹能量的宇宙中生存。"

"这个问题好像很难。"

"我有一个答案，似非而是——与我偕老吧！好景还在后，有死也有生，这是生命之常。"

斗牛狗沉默下来，他仔细地咀嚼这几句话。他有些犯疑，准备向沙达克请教。然而沙达克已经无影无踪。他惊喜地发现，沙达克给他留下了一个小小的亚空间侧面，那里边，有很多关于人类的古老故事。

遥远的遥远的地方，闪过一道光。

狄拉克海涟漪荡漾……